聞かなかった聞かなかった

内館牧子

JN211698

幻冬舎文庫

聞かなかった聞かなかった

目次

バアサンにアメを

防衛省の前事務次官、守屋武昌夫妻が収賄容疑で逮捕され、各メディアの報道が過熱している。

巨額の防衛利権をめぐり、前事務次官本人が防衛商社と癒着していたばかりか、そこに妻までがからんで過剰接待を受け続けていたのだから、女性週刊誌やワイドショーも黙ってはいない。

何しろ、妻の幸子容疑者は夫と共に幾度となくゴルフ旅行や高級店での飲食等の接待を受け、さらにはヨーロッパの高級ブランドバッグなど数々のプレゼントや、現金までをもらい続けていたという。驚くべきことに、妻は夫抜きで業者とゴルフをしたり、飲食代を業者に回したりしていたそうだ。何でもねだるということで、今や「おねだり妻」なる恥ずかしい呼び名が定着してしまった。

私は幸子容疑者に関する報道で、非常に興味深かった記事がある。それは防衛商社「山田洋行」元専務、宮崎元伸容疑者らとゴルフをする際は、夫婦ともに偽名を使ったという報道である。ゴルフ接待が収賄に当たると認識していればこその偽名であり、犯罪だとわかっていてやったわけだ。もっとも、私が興味深かったのはその部分ではない。

幸子容疑者の偽名は「松本明子」。それは贈賄業者側の宮崎元専務が、

「奥さんは明るい人ですから」

と言って「明子」と名づけたという。わずか一、二行の文章だったが、これを読んだ時に幸子容疑者のありようが、何だか目の前に浮かぶような気がした。

ほとんどの報道が、幸子容疑者について「美人で社交的な女帝」としているが、癒着した業者の、

「奥さんは明るい人ですから」

という一言は、百万語の表現に値する。業者と共にいる時の幸子容疑者の風景が見えてくる。

おそらく、幸子容疑者は自分の美貌《びぼう》に自信もあっただろうし、男たちとのゴルフや飲食、現金やブランド品のプレゼント攻勢は気分のいいものだっただろう。まして、背後には「防衛省の天皇」と呼ばれる夫がついており、業者はお姫様扱いしてくれたはずだ。たとえ裏では、

「あのうるせえ守屋のバアサンに、とにかくアメやっとけ。まずあの欲張りババアを取り込め」

　と言っていたとしてもだ。当然ながら、業者はお世辞も使いまくったはずだ。

「奥さんはホント美人ですよねえ」

「奥さんは若いし、とてもとても五十代になんか見えませんってば」

「ファッションセンスもいいし、話は面白いし、ゴルフはうまいし、我々もつい次官夫人だということを忘れて、何かカッコいい女友達みたいな気になっちゃって、すみません」

「奥さんがきれいで明るくて魅力的だから、我々は次官抜きでもゴルフやカラオケをご一緒させて頂きたくてたまらないんですよ。魅力的な女性でなければ、こんなに長く友達のようにおつきあいさせて頂こうと思いませんよ。むしろ、次官抜きの方が楽しいなァ」

「エルメスなどのバッグも、奥さんならお似合いになると思うからお贈りしてるんです。ヨーロッパの高級ブランドは安っぽい女なら負けますよ。だけど奥さんはみごとに自分のものになさるから、差しあげた我々も嬉《うれ》しいですよ」

　こんなお世辞は、何十億円もの防衛装備品の受注のためなら、二十四時間だって言い続けられよう。幸子容疑者は、後には自ら金品をねだるところまで落ちたようだが、おそらく初期の頃は、男たちとのこんな雰囲気の中でハイテンションになっただけだろう。業者のお世

辞を百パーセントは信じないにせよ、かなり信じたのではないか。宮崎元専務を、

「宮ちゃんは友達」

と言っていたという報道からもそれはわかる。

加えて、男たちが言う「若くてきれいで明るくて楽しくて」などのお世辞をすべて自分への評価と受け取り、それを裏切らない「魅力的な女」でいようという思いも、当初はあったはずだ。ゴルフ場でも飲食の場でも、幸子容疑者は男たちの中で、きっとハイに語り、笑い、冗談を飛ばし、よく食べよく飲み、自分の明るさや楽しさを演出していたのではないだろうか。

報道によると、ゴルフ場でミスショットしてムカついている夫に対し、妻は、

「坊や、かっかしないで早く打ちなさいよ」

と言ったそうで、「天皇と呼ばれた夫を坊や呼ばわりし、夫も妻には頭が上がらない」と書かれている。だが、私はこれも自分の「明るさ、楽しさ」をアピールするためのセリフだったのではないかと思う。

このセリフは、業者たちをほんの一瞬ギョッとさせたにせよ、すぐに「バカ受け」になったかもしれない。海千山千の業者たちは好意的に大笑いしてみせ、

「イヤァ、次官もカタなしだ。楽しすぎますよ、奥さんは」

なんぞと言ったかもしれない。

私は「明るいから明子」という命名の記事を読んだ時、ハイになってはしゃいでいる幸子容疑者の姿が拭《ぬぐ》えなかった。現実には、業者たちは裏で「バアサンにアメを」と言っていたと考えるのが妥当である。だが、それに思い至らないほどいい気分になっていたのだろう。そしてそのハイは、「魅力的な女」として幹部夫人たちの会合でも発揮されたのだと思う。

まともな生活者であり続ければ、こんなに私生活や恥部をさらさずに済んだものを……と思うと、ハイな姿が哀れになる。

来年は来年の風が吹く

師走に入ると、

「喪中につき、新年の御挨拶を失礼致します」

というハガキが日を置かずに届くようになった。

つい何年か前までは、同年代の友達どうしで、

「もう親を亡くす年齢になったのね、私たち」

などと話していたのだが、このところ、伴侶《はんりょ》を亡くしたという通知もまじり始めた。むろん、数は少ない。

だが、古くからの友人で夫婦共に知っている場合は、通知を手に言葉を失う。これは昨年のことだが、私の武蔵野美大時代のクラスメートが夫を亡くした。夫も武蔵美で、私は二人が十八歳でつきあい始めてからのことを、ずっと知っているわけである。ただ、卒業以来は会うこともなく、年賀状だけの関係であったが、あの彼が亡くなったとはどうしても信じら

れない。大恋愛だっただけに、彼女のことが心配になった。

そして、彼女に電話をかけた。たぶん、三十年ぶり以上だと思う。彼女は突然の電話に驚きながらも、彼のことを穏やかに話した。急な病に襲われたことも、みごとに美しい最期であったことも、三十五年間にわたる結婚生活がいかに幸せであったかということも、本当に優しく語り続けた。私がつい、

「あなた達、漫画の『チッチとサリー』みたいだったよね。あなたはおチビで、イーゼルやカルトン持つと引きずりそうでね。だからいつも長身の彼が持って、あなたは手ぶらでしゃべりまくって、玉川上水の道を歩いてたよねえ」

と言ったら、突然、号泣し始めた。まさに堰《せき》が切れて、激流が襲うというように、電話の向こうで泣いた。

「忘れてた……今、マキに言われるまで……忘れてた。そうだった……そんなことあった……会いたい……あの頃の彼に会いたい……ううん、どんな頃の彼でもいい……もう一回会いたい……もう一回、夫と会いたい……。ずるいよ……死ぬなんて……ずるいよ、許せない……」

これはもう血の叫びであった。十八歳の時から四十年間を、共に歩いて来た相手が突如いなくなるのだ。それも、四十年間の思い出を残していなくなる。残された方は、その思い出

と対峙《たいじ》しながら生きていかなくてはならない。

「ずるい、許せない」と「もう一回会いたい」の矛盾する叫びを聞きながら、私にはどうすることもできなかった。きっと彼女は号泣しながら、心の中で「わざわざ思い出させて、独身の女ってデリカシーがないわ」と思っているだろう。が、ひとしきり泣くと、私にお礼を言った。

「マキのおかげで、昔の彼を思い出せてよかったわ。彼がもっと好きになった。本当にありがと。電話もらって本当によかった。彼の仏前に報告する。マキが思い出させてくれたシーンだけで、私、しばらく元気でいられるよって」

電話を切った後で、伴侶を失うことの計り知れない喪失感を思った。幸か不幸か、独身の私には起こり得ない喪失感だが、彼女の一言一言からも少しは理解できる。彼女は、

「いい子供が二人もいるし、その子たちの連れあいも気づかってくれるの。孫もいるし。でも……夫とはまた違う。どんなにみんながよくしてくれても、夫とは違う。生きてる時は喧嘩もしたのに、やっぱり一番大切だったわ」

と言った。伴侶は英語で「better《ベター》 half《ハーフ》」と言う通り、「良き片割れ」なのだと改めて思わされた。

「half」には「不完全な」とか「不十分な」という意味もあるので、伴侶が一対になっ

てカバーしあって初めて「完全」になるということだろう。

そう考えると、「ｈａｌｆ」を亡くした喪失感はいかばかりか。独身者はｈａｌｆのままで生き続けているので（実はその状況も居ごこちがよかったりするのだが）、ずっと一対であった人たちは、突然ｈａｌｆになる悲しみと苦しみで、うつになるケースも少なくないと聞く。

私は今年の春頃だったかに読んだ『河北新報』の記事が忘れられない。それは気象エッセイストの倉嶋厚さんが、奥様を亡くされてうつになり、自殺願望の末に約四か月間、精神科に入院したという体験談だ。

その中で倉嶋さんは、

「仕事が忙しかったとはいえ、妻に何もしてやれなかったと後悔ばかりした。さらに、一人で生きていく将来を思うと不安ばかり。脱力感で何ひとつできなくなっていた」

と当時を振り返る。そして、うつを克服した今、次のような内容を語っていらした。

「伴侶を失うことは、誰にでも起きる。とてつもなく悲しく苦しいが、それは必ず癒える時がくる」

「何もしてやれなかったとか、ああしてやればよかったとか、後悔はしないこと。してやれなくても仕方ないこともある。だからせめて感謝や愛情は、思った時にすぐ口にしよう」

そして、人生のあらゆる場面に当てはまることをおっしゃっていた。

つまり、心配事は横に並べずに縦に並べなさいということだ。幾つかある心配事を横に並べると、順位がつかない。並行してすべて同じ重さだと思ってしまうからつらい。だが、心配事を時間順に縦に並べてみると、一番新しい心配事だけが目前にあるに過ぎず、心が楽になるそうだ。

今年の幸福は横に並べ、今年の心配事は縦に並べ、伴侶に「ありがとう。愛してる」と言って暮らせば、ナーニ、来年はまたいい風が吹くに決まってる。

岩手県の「出前授業」

こう見えても、私は「食育」にとても関心がある。

そこで昨年末のある日、東京都杉並区立高井戸第四小学校に行き、食育教育の現場を見せて頂いた。

この小学校では岩手県と食育交流をしており、シーズンになるとサケやリンゴや海産物が届けられる。そして、それらが川や山でどう育ってきたかなどを、実際に岩手の生産者が来て児童に教えてくれる。その他にも岩手の方々は、バケツで米作りを指導したり、脱穀や精米も体験させてくれたりする。また、大豆が姿を変えて納豆になることも教えてくれたり、「出前授業」だ。東京の子供にとっては得難い経験である。

何よりもすごいことは、岩手からそういう機会を頂くことにより、児童たちは大きなことに気づかされるのだという。つまり、人間は他の生物の命をもらい、他の命を食べて生きているということに、児童たちは気づくのである。

これはとてつもなく重要なことである。さっきまで生きていたサケを食べることによって、自分が生かされる。さっきまで枝で輝いていたリンゴをもぎ取ることで、自分が生かされる。小学生のうちにそれに気づけば、「食」に対する姿勢がどれほど変わるだろう。それこそが「食育」の原点ではないか。

そう考えた私は、久慈市漁協の方が雌雄のサケ二尾を持参される日に、高井戸第四小学校一年一組の授業に伺ったわけである。

まず、二十四名の児童たちは映像を見る。サケが卵を産むところや、赤ちゃんとして元気に泳ぎ出すところ、そして春には川を下り、秋には川を上る様子を知る。映像によって、児童たちはサケにもお父さんやお母さんがいることを知り、生きるために川を下ったり上ったりして、大きくなっていく大変さを知る。担任の小野寺久美先生が優しく、

「大きな海を元気に泳いで、すごいねえ」

「あんな小さな卵だったのに、こーんなに大きく育ったよ。がんばったねえ、サケさん」

などといいタイミングで語りかける。七歳かそこらの児童たちは、もうサケの成長に感情移入している。

そして映像が終わるや、久慈市漁協の浜欠あき子女性部長が、雌雄二尾の堂々たるサケを取り出す。児童からワーッと歓声があがる。

浜欠さんは児童一人一人に、サケを持たせた。

「ここに来るまで生きて泳いでいたんですよ。重いでしょう。命の重さです」

私がかつてNHK朝の連続テレビ小説『私の青空』で学校給食の取材をした際に驚かされた。「魚の姿」を知らない子が少なくはなかったのである。知っていても、「マグロとカレイとサンマ」の区別がつく子はきわめて少ない。スーパーで切り身のパックを見ているのだから、無理はない。

さて、一年一組の全員がサケを丸ごと持ってみた後、浜欠さんはそれを解体した。岩手県農林水産部の藤村崇さんが卵から内臓までを示しながら、解説する。

「全部食べられます。生き物を頂くんですから、残さずに丁寧に食べましょう」

児童たちは、

「ハーイ！」

と大きな声を返す。必死に生き抜いたサケが、自分たちのためにお腹《なか》を割かれていることを、決して思い詰めずにプラス方向に理解している気がした。この年齢で教える意味を思う。

解体されたサケが、見慣れた切り身になると、

「早く食べたーい！」

と賑《にぎ》やかなこと賑やかなこと、大騒ぎである。

しかし、授業の最後に浜欠さんと藤村さんが、

「元気な魚たちのために、私たちは海や川を守らないといけません。私たちが生きるためにも、美しい海や川を守りましょう」

と語りかけると、児童たちは一転して神妙に聴く。素直で愛らしい。

その後、松本眞知子校長や栄養士の星名久美子先生もご一緒に、三年生と給食を頂いた。メニューは「サケのチャンチャン焼き」。三年生もかつてサケの授業を受けているだけに、誰もがきれーいに食べる。

「サケのおかわり、ありますよ」

と給食当番が言うと、我先にと取りに走るのも気持ちがいい。私は松本校長に、

「他からの命を頂いて生かされていること、すごくうまく伝わってますね。いい食育の現場ですね」

と申し上げると、

「岩手からどれほど力を頂いているかわかりません。最近では、本を読んでもこんな感想を書くんですよ」

と感想文を見せてくれた。そこには、

「ぼくたちはにくをいただいています。だからわたしたちはいきています。だからいま、の

こさないでいます」

「ニワトリのたまごやにくは、わたしたちのためにかわいそうだけどきりころしてたべさせてもらっていることがわかりました」

などとあり、さらには、

「おこめはみずにいのちをいただいていきているんだなあっておもいました」

というところまで見方が広がっている。

星名先生は言う。

「現実には楽しそうに食事をしない子もいて、そういう子の多くは無表情です。楽しい食卓の団らんの場を経験してないのではないかと胸が痛みますね。学校給食でも精一杯のことはやりますが、家庭でも親子でソラ豆をサヤからむいたり、それを家族そろって『おいしいねー』と言って食べたりしてほしいんです」

そうか、私自身の「食育」は「おいしいねー」と言い合う人を探すところから始めるということか。疲れるわ。

名文珍文年賀状

本年も、私が頂いた面白おかしい年賀状をご紹介します。

昨年末、私が抜きうちで高砂部屋の朝稽古《あさげいこ》を見に行ったところ、朝青龍は連続七日間のさぼり中。ゆるみきった稽古を目の前にしながら、高砂親方は挨拶《あいさつ》もせずに途中で姿を消したとあって、私はカンカンに怒った。その「カンカン」がテレビで繰り返し放送され、スポーツ紙ばかりか一般紙にもデカデカと載ってしまった。そのため、今年の年賀状は九割以上が「カンカンがらみ」。その上、今年は全国の相撲ファンからも予測しないほどの数が届き、朝青龍問題への関心の高さを思い知らされた。

賀状のほとんどすべてが励ましではあったが、朝青龍擁護派も同じほどいるだろう。現実に、私が「朝青龍は私の中では引退した人です」とコメントした際、相撲協会に抗議の電話がすごかったという。朝青龍を愛している人たちもそれほど多くいることを、もちろん私は認めている。……にしてもだ。謝罪会見直後だというのに、稽古はさぼりまくり、神事もさぼり、綱打ちもさぼり、私は新年に再び激怒。その「新カンカン」も放送され続けるのだから、たまったものではない。

★某俳優

「朝青龍が早くしっかりして、ニュースで笑顔の内館さんが見たいです」

現状では無理です。

★女友達

「週刊朝日の対談を見て、あなたはプロレスラーの小橋建太さんを愛で包んでいると思いました。朝青龍のことも包んでみたらどうでしょう」

現状では包めません。

★某テレビマン（男）

「小橋建太と抱きあってる写真を週刊朝日で見て、解決策を思いつきました。一度朝青龍とも抱きあってみたらいいと思います」

現状では四つに組むなり私が上手投げでぶん投げます。

★女友達

「週刊誌に出ていました。『二〇〇八年、憎しみが愛に変わり、朝青龍と内館牧子が結婚』

って」

ラブストーリーの脚本を書く上で参考になります。

★某編集者（男）

「朝青龍に負けないで頑張れ！　俺も定年に負けないで頑張ります」

トンチンカンなお励まし、ありがとうございます。

「お励まし」といえば、外国人横綱の不祥事ということで、ナショナリズムが刺激されたのか、気合いの入った言葉の賀状が多かった。

★相撲ファン（女）

「国民一人一人が日本人の誇りと歴史を守るよう、挺身をお願い致します」

★相撲ファン（男）

「憂国の想いを胸に万丈の気を吐く婦女子に感動すると共に、武士道を広く世にお伝え頂き、日本を建て直して下さい」

高齢者は「挺身」とか「憂国の婦女子」とか、すごすぎないか？

★知人（女）

「朝青龍は角界改革のきっかけを作ってくれたとも言えます。今こそ協会は本腰を入れ、恩讐を越えて国際的な国技を造るべき春《とき》ではないでしょうか」

「恩讐を越えて」と来ましたか。「春」に「とき」とふるルビもすごすぎ。

★相撲ファン（男）

「日本男子の大和魂は露と消え、不甲斐ない馬鹿者が横溢する世の中ゆえ、国技でも日本人横綱が生誕しないのである。礼節や挨拶から鍛え直すべきだ」

まずは高砂親方から鍛え直すよう、協会に伝えておきます。

★三菱重工元同僚（女）

「ハッキリとものを言うと風当たりも強いでしょうが、振り払って頑張れ」

確かに相撲協会だって、穏やかで適当な横審委員の方が歓迎だろうなァと思っていると、次の一枚。

★某出版社役員（男）

「みなに嫌がられても、当方、まだ働いています」

みなに嫌がられても、当方、まだ横審続けています。

★サンミュージック所属のマネージャー（男）

「久しぶりにお会いしても、いつも優しくして頂きありがとうございます」

どうだッ！　これが私の真の姿よッ！　こればっかりは社名を書きました。「某マネージャー」とすると、みんな捏造《ねつぞう》だと思うからね。

なお、何かと大相撲と対立している週刊誌二誌の編集長と副編集長からも、恩讐を越えて励ましの賀状を頂いた。これはつくづく嬉しかった。

「カンカンがらみ」以外の賀状も結構おかしい。

★某テレビマン

「初夢の花　ぱっと咲きますように。やっと妻と離婚調停が成立しそうです」

ぱっと咲いた「初夢の花」が離婚成立なのね。賀状らしからぬ文面でも、本人にとってはめでたいのよね。

次の二枚は、同一人物が間違って二枚くれたもの。（、、は原文にはなし）

★某ドラマプロデューサー

一枚目「今年は何とかお力をお貸し下さい」

二枚目「今年は何かとお力をお貸し下さい」

、、の二字が入れかわるだけで、こうも印象が違う。この二枚には男友達が大笑いして、言った。

「要はこいつ、口先だけだよ」

★東北大相撲部員（男）

「双葉山の〝我未だ木鶏たり得ず〟の精神を胸に刻みつつも、小生は〝我未だ三歩歩けばコケコッコー〟であります」

　本年も東北大相撲部でコケコッコーどもと一緒に歩くつもりです。親しい男性脚本家の賀状に、

「色々大変そうだけど、あなたは人生を楽しんでいるように見えます」

とあった。何か肩の力が抜ける言葉だった。

ヤツデの女

一月四日発売の『週刊朝日』を見て、女友達どもが笑う、笑う。あまりに笑われ、私は女友達に恵まれていないとつくづく思う。

何を笑うかって、がんを克服したプロレスラー小橋建太さんとの対談である。いや、対談はみんな、

「涙がこぼれたわ」

「小橋選手に比べて、私の生き方はゆるんでいると反省したわ」

とかイッチョ前に正当なことをほざくのだ。笑うのは小橋さんと私が抱き合っている写真だ。私の手の形がすごすぎると言って、みんな笑い転げるのである。

確かに、私は五本の指をガッと熊手のように開き、小橋さんの肩をガシッとつかみ、もうホントに何と言うか「離すもんか!」という感じではある。

だが、それにしてもだ。女友達どもは言いたい放題。

「プロレスラーの体をここまでガシッとつかめる女って、めったにいないわよ。小橋さん、スリーカウント取られたね。アハハハ」

「牧子の手、熊手なんて可愛いもんじゃないわよ。わしづかみよ、わしづかみ」

「この手、『離すもんか！』どころじゃないよね。『この男、アタシのものよッ』の迫力よ。ウワッハハハ」

「あなたの手、熊手というよりはヤツデの葉よ。ホラ、昔はトイレって汲《く》み取り式でさ、日の当たらない隅っこにあったじゃない。それで汲み取り便所の裏庭には必ずなぜかヤツデが植えられてたものよ。日陰に葉が茂ってたよねえ。牧子の手、日陰者の力強さがよく出てるわァ。あら、日陰者にさえなってなかったか。お気の毒ッ。ガッハハハ」

　普通、ここまで言うか？　でも私の女友達どもは普通ではないのである。

　トミちゃんという女友達はさらにすごい。彼女は昨年、『週刊朝日』に「辣腕編集長の富川淳子」として大きな記事が出たので、覚えている読者もあろう。月刊誌『Ｄｅａｒ《ディア》』の編集長だが、懸賞の賞品に「一年間、青山の高級マンションに住む権利」をつけ、世間のドギモを抜いた女である。

　彼女は算命学の研究者の中森じゅあんさんとうちに来て、写真を見ては二人で引きつけを起こさんばかりに笑い転げた。ここまではまだいい。まだ許す。が、何と、トミちゃんとじゆあんさんはヒィヒィと笑いながら、同時にバッグからデジカメを出したのだ。

「こんなヤツデ、めったに見られないから、ブログで紹介しちゃお」

「私もホームページに出しちゃう。みんな喜ぶわ」

そう言って、私が小橋さんにヤツデしている写真を接写し、あげく、

「おかしくてカメラがふるえて撮れない」

だと。

撮影し終わると、二人は異口同音に言った。

「この写真、編集者が悪いわよ。普通はこの手を見たら、撮る前に美しく直すものよ」

実はこれも普通ではないのである。編集者が美しく直すヒマもなかったのだ。

対談場所に先に着いていた私は、対談内容について編集者と静かに打ち合わせをしていた。

そう、いつもの知的で冷静な私の姿だ。

するとドアが開き、小橋さんが濃紺のスーツ姿で入って来た。私と目が合うと笑顔をまっすぐに向け、大股で寄って来た。その瞬間、私はガッと立ち上がり、気がつけば二人で抱き合っていたのだ。

『気がつけば騎手の女房』の著者、吉永みち子さんに至っては、

「ああ、感情の自然の発露！　曽我ひとみ&ジェンキンス状態か」

と言い、めがねを外して涙を拭いた。感動の涙ではない。ヤツデに笑い過ぎの涙である。ともかく打ち合わせをなげうって突然わしづかみの私に、編集者はボー然。とてもヤツデを直すどころではなかった。

私は大昔からプロレスが大好きで、五歳の時には早くも自分でプロレスかるたを作っているほどだ。その中の一枚は今も覚えている。

「えんどうこうきち　とくいのとびげり」

遠藤幸吉というレスラーの得意技を読みこむあたり、五歳にしてマニアである。

そういうプロレスファンとしては、「カリスマレスラー小橋建太」の病気克服とリング復帰はものすごく心配でもあるのだが、やはり嬉しくてたまらない。嬉しいと、頭より先に体が動くものだと、ヤツデと化した今回という今回は実感した。

私は女友達には恵まれていないが、男友達には恵まれていて、彼らはヤツデを笑うどころか、一人は、

「小橋選手も嬉しそうな顔してるよねえ。苦しいことがあった後、こんな風にガッと抱きしめられたら、俺だって嬉しいよ」

と言い、脚本家の井沢満さんは、

「あなたにわしづかみにされて、彼は『ああ、俺は生きて戻った』って実感したと思うよ。

よかったね」

とまで言ったのだ！

どうだ、この男女の差！

そして、私は今、改めて思っているのである。嬉しかったり、感動したり、そんな時はみんなガシッとヤツデになるのがいい。いつもはテストで十三点しか取れない我が子が十五点取ったら、母はヤツデ。いつも粗暴で不遜《ふそん》な上司に向かい「あなたは私の中では引退した人です」と夫が言い放ったと知ったら、妻はヤツデ。こうして日本中にヤツデが開けば、人の心は荒れないはずだ。

頭の悪いオバサン

ちょっとムッとしたことがあった。

ある夜、レストランのウェイティングバーで人を待っていたら、隣席の女たちの話し声が聞こえてきたのである。私と同年代か少し上かという婦人三人だ。

「私、××さんはお誘いしたくないの。だってあの人、歌手の○○に夢中で、何か恥ずかしいのよ、私」

「あれはみっともないよねえ。だって彼女、リビングに○○の写真を貼ってるのよ。いいトシして」

「知ってる？　△△さんなんか□□選手の追っかけよ。あんな人じゃなかったのに心配だわ……」

と、全然心配そうな目をせずに言った。あげく、

「若いスターに入れこむなんて、情けないし下品よ。ああいうみっともないオバサンにはな

りたくないよね」

　と誓いあっていた。それればかりか、一人が、

「私はハッキリ言ってパバロッティのテノールを聴くために色んな国に追っかけたわよ。でも、ヨン様の追っかけオバサンと一緒にしてほしくないわ」

　と言い、二人が、

「全然違うわよ。パバロッティとヨンじゃァ」

　と笑った。

　私は中高年女性が若い歌手に夢中になろうが、若いスポーツ選手を追っかけようが「みっともないオバサン」とは全然思わない。そういう人たちに対して「情けなくて下品」だの「ああはなりたくない」だのとほざくオバサンどもを見ていると、こうはなりたくないなと思う。別に自ら誰かに夢中になる必要はないが、夢中になっている人たちを卑下することしかできないのは、狭すぎる。「いいトシして」るのだから、狭すぎたままというオバサンは、頭が悪いのである。

　私がウェイティングバーの三人の話にムカついたのには、理由がある。「氷川きよしコンサート」から日がたっておらず、私はたくさんの「きよし命《いのち》」の中高年女性たちと会ったところだったのだ。

私はきよし君と仕事をして以来、たいていは年末コンサートに行く。仕事関係者と一緒の時が多いが、今回のように一人の時もある。会場では、私を見つけると知らない人たちが次々に声をかけてくる。

「内館さん、いつもきよしを応援してくれてありがとう。嬉しいわ」

「内館さん、私のお腹さわってみて。固いでしょ。コルセットなの。大病したのよ。でもね、ここまでよくなったのはきよし君のおかげなの。きよし君のことを思うと頑張れたのよ。闘病に耐えられたのよ」

「私は北海道から来たんだけど、若様（注・きよし君のこと）のおかげで全国に友達ができたの。それに若様が有線大賞取ったでしょ。もう全国の若様ファンと夜中の二時まで電話で盛りあがって、今日はコンサートの後でみんなでお祝いの食事するの。楽しいわよォ」

　こういうファンの何が「みっともない」のか。どこが「下品」なのか。

　客席には九十代かと思われる高齢の方々もいたが、みんな自分でチケットを買い、ペンライトを振り、

「きよしー！」

　と声をかけ、きよし君の一言一言に「キャー」と嬌声をあげ、拍手し、もう楽しくて嬉しくてたまらない様子である。これのどこに他人が文句をつけるのだ。ファンたちが五十代か

ら九十代で、きよし君が三十歳であってもだ。

コンサートから一週間後、今度はゴルファーの石川遼君と、ファンの中高年女性たちに会った。毎日新聞社が主催する「毎日スポーツ人賞」の表彰式と祝賀パーティの席である。私はその選考委員の一人なのだが、遼君は全国からの圧倒的な票を集めて「ファン賞」に選ばれていた。表彰式とパーティには、抽選で当選したファンの方々が招待されていたのだ。十六歳の遼君に対し、ファンは五十代女性が多かっただろうか。彼女たちは報道陣にまじって遼君をカメラにおさめ、ファン同士で嬉しそうに話している。私が見た限りでは遼君のそばにべったりくっついてることもなかったし、追っかけ回すこともなかった。これとてとやかく言われる筋合いはない。

むろん、ストーカーまがいや、対象者の仕事を邪魔するような、ねじれた心理のファンは論外。そんな者はファンとは言わない。ならず者と言うのである。

かつて、ヨン様の追っかけが異常過熱した際、「有識者」と呼ばれる方々が、

「夫に見向きもされなくなった中高年女性のはけ口」

「濡れ落葉の夫に飽きつつも、恋愛のチャンスがない中高年妻の擬似恋愛」

だのとコメントしていたが、それは机上の空論だ。

そうではない。その対象と共に生きていることが嬉しいのである。

「共に生きる」と言っても、つきあいたいとか結婚したいとかではない。きよし君であれヨン様であれ、自分の心の中に棲んでいて、心の中の彼を思うと、ふっと笑みが浮かんだり、気持ちが優しくなったり、元気が出たり、そういうものなのだ……と横綱北の富士の元追っかけギャルの私は思う。

擬似恋愛なら独り占めしたくなろうが、中高年の女性ファンは一緒に応援することが好きで、同じ対象を同じように愛する仲間が好きである。鳥羽一郎さんや舟木一夫さんのファンも、みんなそうだ。これは確かに理解し難い心理かもしれず、机上の空論をコメントするのも無理はない。

だが、パバロッティを追っかけるのは高尚で、ヨン様は低俗とするオバサンたちの頭の悪さを擁護するのは無理だ。

野良猫が好き

世の中には犬好きの「犬派」と猫好きの「猫派」がいるそうだが、私は間違いなく「猫派」である。

それも実は野良猫が好きでたまらない。野良猫を見ると瞬時にして声が裏返り、

「猫タァァん、おいでおいでェ。こっちでとぅよ」

と、日頃はバカにしている「舌足らずタレント」の口調に豹変《ひょうへん》してしまうのである。先日も男友達と向島を歩いていたら、薄汚れた巨漢の三毛猫が、ノソリノソリと横丁から出て来た。私は瞬時にして、

「猫タァァん、お腹とぅいてなァいィ?」

と、舌足らずタレントに変身。むろん、野良猫は寄ってくるはずはなく、巨体を揺らしながら逃げてしまった。私は、

「人なつこくないところがいいのよねえ、野良は」

と、ふと見ると、彼がブルっているではないか。

「あら、猫、恐いの？」

と聞くと、私を指さし、

「恐い」

と来た。そして、

「さっきまで『朝青龍ばかりじゃないのよッ。若ノ鵬も最悪ッ。市原にボクシングパンチを入れて勝ったのよッ。本来は協会が負けにすべきだし、親方は何も教育してないのよッ』って吠えてた女と別人で……イヤア、驚いた。あの形相で『若ノ鵬も最悪ッ』って言った端から突然、『猫タァァん』って、何なんだ。クルッと一変するから恐いよなァ」

だと。だから、「礼儀足らず力士」がからむ時だけ、私は鬼に一変するのであって、真の私は「猫タァァん」の心優しい女なのである。誰も信じないだろうが。

私の仕事場は都心にあるので飲食店が多く、野良猫が何匹もいる。嫌いな人や被害を受けている人には申し訳ないのだが、ハッキリ言って可愛い。

おしゃれなフレンチレストラン脇の階段に七匹座って「猫会議」をやっているのを見た時は、感動した。よく見ると、階段の隅っこにキャットフードがあった。やっぱり、可愛いと思う人たちがエサをやっているのだ。嫌いな人や被害を受けている人には申し訳ないが、何かホッとしてしまう。

また、町の一角に急な坂道がある。急な上に長いため、並行してエスカレーターがついている。先日は黒い野良猫が一匹、悠然とエスカレーターに乗っていた。お行儀よく足をそろえて座り、ゆっくりと昇っていく後ろ姿には品格さえ漂っていたほどだ。

そしてある日、ご近所の猫好きの人が言った。

「私は野良をつかまえて、自分で病院に連れて行くの。避妊や去勢の手術をして、病気の予防注射を打つの。こうしておけば猫嫌いの人たちにも少しはいいでしょう。費用はかかるけど、この子たちは可愛いし、可哀想だし」

その上、この人はすべての野良に名前をつけ、見かけるたびに呼んでいるのだという。このあたりの野良の顔は全部わかるそうだ。

考えてみれば、この子たちは親もなく身寄りもなく、雨露をしのぐ場所もなく、エサにありつく保証もなく、たった一匹でこの大東京で生きているのだ。病気にかからぬよう注射を打ってもらったり、名前で呼ばれることが一生のうちにあってもいい。それに、ただ「可愛い、好き」と言ってるだけでは無責任だ。

ご近所の人に触発された私は、彼女が処置をしていない野良を、病院に連れて行こうと決めた。そして、彼女と何日間か張り込み、

「あの子はしてないッ」

「よっしゃ！」

「あれはしたッ」

「オッケー！」

とチェックしたのである。

その後、野良猫をつかまえるボランティアに来てもらった。

私は初めて見たのだが、金網で作った大きなカゴにエサを仕掛け、人間は身を隠す。猫がエサにつられてカゴに入ると、パタンと口が閉まる。そして、そのまま病院に連れて行くわけである。空腹な野良はすぐカゴに入るだろうと思っていたが、甘かった。カゴのそばまで行くのに、入ろうとしない。私が、

「猫ァァん、あなたのためでとぅよォ」

なんぞと猫なで声を出しても通用しない。その危機感の鋭いこと、野良の面目躍如である。

結局、大人三人がかりで二日間にわたる捕物帖だった。

しかし、野良猫の愛らしさと、なぜか漂う尊厳は、もう「不思議」としか言いようがない。

そう思っていると、月刊『ミセス』二月号に、工藤直子さんの「それだけ？」という詩が載っていた。

それだけ？

いつものように散歩すると
いつものように道ばたでひなたぼっこする猫がいる
いつものように疑問がわき
いつものように質問する
猫に逢うと　あなたもそんな気にならない？
なにしてるの？　すわってるの
それだけ？　それだけ
なにみてるの？　ただみてるの
それだけ？　それだけ
猫のおでこには謎がいっぱい詰まってるはずなんだがなぁ
あんた綿雲だったことがあるでしょ？　まあね
それから？　それだけ
あんた満月だったこともあるでしょ？　まあね
それから？　それだけ
猫については

なにがあっても不思議はないと思う

そうだったのか、野良猫はかつて綿雲だったから愛らしくて、満月だったから尊厳が漂うのね。それがわかったら、野良猫の「不思議」が全部解けた気がした。

寒さが厳しい今、私はわざわざ満月たちがいる道を回り、気配を感じるとホッとするのである。

東北大のキャンパスにいた綿雲たちも、雪に負けずに生き抜いているだろうか。

車内の加齢臭

二月の寒い夜、男女十人ほどの夕食会があった。

すると、一人が言った。

「この頃、タクシーに乗ると車内の加齢臭がすごくて、閉口しませんか？」

おそらく、この夕食会にタクシーで来て、その臭《にお》いに閉口した直後だったのかもしれない。

すると全員が、本当に全員が、

「閉口します」

「このところ、しょっちゅうです」

等々、口をそろえた。

その濃淡はあるにせよ、人は誰しも体臭や加齢臭を発しているわけだが、タクシーのような狭い密室では当然、臭気がこもる。かつ、冬は暖房が加わる。もしも乗客が四人もギュウギュウに座ったなら、その臭気は大変なものだろう。

よく、客待ちのタクシーが窓を全開にして並んでいるのを見るが、あれは運転手さんも閉口して換気しているのかもしれない。乗客は運転手さんの加齢臭だと思いがちだし、運転手さんは乗客のそれだと思いがちだろうが、どちらか一方のせいということはありえまい。ただ、一般的には女の人より男の人の方が、臭気は強いように思う。

夕食会では、みんな口々に対策を語った。

「私は窓を開け続けてます。走ってる間ずっと」

「でも、運転手さんに『暖房が入ってるんで閉めてくれますか』って言われることがあるんですよ。まさか、『車内の加齢臭がひどくて』とは言えないし」

「私は『ちょっと気分が悪くて』とだけ言って、全開にしてます」

「私は車内に片足入れた時、臭かったら『忘れ物しました。すみません』って降りてますよ」

「僕は窓を開けても耐えられない時があって、さすがに途中で降りました」

この夕食会はそれぞれ初対面の方もいるというのに、およそふさわしくない話題の「車内の加齢臭」で盛りあがってしまった。つまりそれほど共通の、閉口する体験だったと言える。

「加齢臭」という言葉が一般的になったのは、わりに最近だと思うが、その字が示す通り、年齢を重ねるにつれて出てくる臭気ということだろう。昔は「老人臭」という言葉だったと思う。

調べてみると、加齢臭は老化によって血管に老廃物がたまることが原因で起こるという。その老廃物が酸化するとか何とか色々あって、ノネナールという物質ができ、それが加齢臭を引き起こすという。このノネナール等の悪玉物質は若い人の皮脂にはほとんどないそうだ。若い人の場合、特に若い男たちは加齢臭ではなく「体臭」が強いが、日本の若い男たちの体臭は、少なくともこの二十五年間で非常に薄くなったと思う。

私が高校生の頃、昭和四十年代初めだが、あの頃の少年たちの体臭はすさまじかった。たとえば体育の授業が三時間目にあると、四時間目の教室には入れたものではない。十代の少年の汗と体が発する臭気は、窓を開けようが鼻が曲がりそうだった。私は体育後の物理を担当する教師が、

「青春の匂いとしか言いようがないな」

と廊下で時間稼ぎをしていたことを今も鮮明に覚えている。

その後、私は武蔵野美大に入り、ラグビー部のマネージャーになった。部室は体臭でむせ返っていたし、選手もつくづく「青春の匂い」だった。

そして、昭和五十年代後半まで、私は三菱重工業のヨット部員だった。江の島ヨットハーバーのロッカールームはそれは臭かったし、焼けた肌や髪の匂いと体臭と潮の香が濃厚に混

じり、選手たちが後ろから来るだけでわかったほどだ。

あれから二十五年がたった今、東北大の相撲部道場は臭くない。東北学院大の道場もだ。夏には東大と立教大と合同合宿を張るのだが、合宿所の万年床の部屋もさほど臭くない。現役の女子マネージャーなどからすれば、おそらく「臭い」だろう。しかし、昭和四十年代、五十年代の若い男の強烈な体臭を知っている私としては、こんなものは臭気のうちに入らない。

インターカレッジをはじめ、大きな学生相撲大会では全国の各大学の選手と会う。話もするし、時にはウォーミングアップや山稽古をそばで眺めたりもする。が、強烈な体臭の選手が思い浮かばない。汗みずくの彼らが後ろから来ても、臭気で察知はできない。

この差は何が原因なのだろう。少なくともこの二十五年間で、シャワーや風呂は毎日のものになったし、女の子が嫌う脂っぽさや臭気全般への対策も日常的なものになった。今や相撲部員だって、マワシを外したらコロンやフレグランスをほのかに漂わせているのである。

私はもうひとつ、若い人の酒量と喫煙が減り、加えてドカ食いしなくなったことがあるように思えてならない。合宿所に肉やチーズを差し入れても残ることがあるし、昭和四十年代の少年のようにガツガツとかっ食らうことはまずない。肉食は体臭を強くするそうだし、酒やタバコは加齢臭の一因になると聞く。今の若い人たちは、その意味からも臭気を作りにくい体になっているのかもしれない。むろん、私の知る限りにおいてである。

そう考えると、タクシー内の臭気は、やはり若い人ではなく「オヤジ」たちが作っているのだろう……。

「オヤジ」たちは高校時代は強烈な体臭を発し、今は息もできない加齢臭を発し、デオドラントにもフレグランスをつける行為にもついて行けず、世に憚《はばか》っているのは何だか可愛い。

冬が寒かった時代

大学も卒業式が近くなった二月のある日、東北大相撲部の追い出し稽古と追い出しコンパが仙台で行われた。

それを終えた翌日、東京駅からタクシーで帰宅する私に、運転手さんが言った。

「最近の東京は冬が暖かすぎますよねえ。僕が子供の頃は、洗面所に濡れたタオルを掛けておくと、朝には凍ってシャリシャリになってたもんです」

確かにそうだった。ちょうど『三丁目の夕日』の時代だ。あの頃の東京は家の中でもそのくらい寒く、私もシャリシャリのタオルを覚えている。

まして、北国の寒さは大変なものだった。私が四歳の頃、秋田市の祖父母の家に泊まったのだが、深夜にのどが渇き、水を飲みに起きた。そして、茶碗に残った水を寝床に持ってきて枕元に置いた。すると朝、茶碗の水が凍っていたのである。表面に薄氷が張っていたことを、今でもハッキリと思い出す。

北国であれ東京であれ、暖房が現在とは比べられないほど頼りない上、木造家屋はすき間風もひどく、建てつけも悪かったにせよ、昔の冬は寒かった。だからこそ、春が待ち遠しく、春が楽しみでならなかった。

私は、今の日本が失った最大のものは「ハレとケ」だと思っている。「ハレとケ」はこれだけで学術論文のテーマになる学問だが、乱暴を承知で言ってしまうと、「ケ」は「褻」と書くように「日常」であり、「普段」である。「ハレ」は「晴」が示すように「晴れがましさ」であり、「非日常」のときめきや興奮やらである。

冬が寒かった時代、長く冷たい冬は日常であり、ケだった。春はハレだったのだと思う。であればこそ、ふきのとうが一つ顔を出せばときめき、雪道に小さく土がのぞいただけでワクワクした。それらは淡々と繰り返される日常に切り込んできた非日常だったのだ。

しかし、冬が暖かくなり、室内は常春に調節された現在では、「ハレ」と「ケ」の区別が希薄だ。本当の春が来たからといって、かつてのようには喜ぶまい。

NHKの「紅白歌合戦」にしてもそうである。毎年、視聴率の低下が言われ、毎年、テコ入れがある。司会者を新しくしたり、出場歌手を若者向けにしたり、手を尽くす。それでも少しずつ視聴率は落ち続けている。これをテコ入れの失敗とは断言できまい。日本人の日常に「ハレとケ」が失われたことが最大の原因だろう。私はそう思っている。

かつて、大晦日はハレの日だった。この夜だけは子供も夜更かしを許される。大人と一緒に年越しソバやミカンを食べながら起きている嬉しさといったらない。大人にとっても、大晦日は仕事をしまい、陽の高いうちに風呂に入り、夜はコタツで酒だ。まさに非日常のハレの日だった。「紅白歌合戦」は、そんな夜にはうってつけの番組だったのだ。それも年に一度の大晦日にだけ放送するのだから、「紅白歌合戦」自体がハレの番組だった。

ところが今や、子供は日常的に夜更かしし、中学生ともなると深夜までコンビニにたむろしたり、盛り場で遊んだりする。大人も大晦日だからといって改まることもなく、子供はカウントダウンのコンサートやイベントに出かけ、「個」の尊重と言うか何と言うか、そうなった。となると、大晦日も「紅白歌合戦」もハレではなくケである。いつもと変わらぬ日常の一日である。

日本の冬がまだ寒かった時代、子供たちは、

「もういくつ寝るとお正月……早く来い来いお正月」

と歌った。

大晦日から続く元旦はハレの中のハレであり、お年玉をもらったりお餅を食べたり、ケの時には着せてもらえないハレ着を着たり、本当に「もういくつ寝ると」と待った。今ではお餅もハレの食べ物ではなくなったし、お正月でなくとも服はいいものを着る。ハレはことご

とくケ化した。お正月に限らず、ハレの日がなくなった。今では「もういくつ寝ると」と指折り数えてハレの日を待つ子供は少ないだろう。かつてはお正月やお誕生日にだけ許されたプレゼントやごちそうも、ケ化しているのだから無理はない。

祝祭日もかつてはハレの日だった。「成人の日」は一月十五日であり、「体育の日」は十月十日だった。

今は共に当該月の第二月曜日になった。そのため、必ず三連休になるのは有り難いが、本来、祝祭日が持っていたハレの気配は霧散した。かつては、もしも水曜日に祝祭日があれば、その週は特別の休みを含むハレの週だった。人々はその一日を楽しみにし、何の祝祭日かを再認識していた。

今さら昔に戻った生活はできないが、「ハレ」と「ケ」が明確にあった時代の人々の心をいとおしくも思う。ハレがことごとくケ化した日常は、やはりゆるんでいる。そして、ときめきがないという意味では十分に不幸である。

私は、追い出し稽古や追い出しコンパで生き生きしている卒業予定部員を見ながら思っていた。彼らにとって、これまでは教室も道場も「ケ」の場だった。自分がそこにいることは日常であり、特別なときめきもなかったろう。

だが、今後、会社や自分の家庭が「ケ」の場になった時、はっきりとわかるはずだ。杜の都のキャンパスと土俵のある道場が、今の自分にとってどれほど「ハレ」の場であるか。「ケ」にめげた時は、何はともあれ仙台に来てキャンパスを歩き、道場をのぞいてほしいと思う。きっと元気に「ケ」に戻る力を、「ハレ」は与えてくれる。

各年代、こうも違う!

朝青龍をめぐる騒動に関し、私がこのページに、

「私、熱くなりすぎましたわ」

というタイトルで文を書いたことを覚えていらっしゃるだろうか。

それに関して、全国からたくさんの反響があった。

私が非常に興味深かったのは、年代によって考え方がみごとに三分割されていたことである。それは朝青龍自身への肯否を超え、世代を象徴していると思ったほどだ。

頂く手紙には、多くの場合、年齢が書いてある。たとえば、山田花子(六十二歳)などと記しているものも多いし、また、中には、

「私は三十八歳の会社員ですが、このたびの……」

というような自己紹介型もある。むろん、年齢を書いていないものもあるので、それらは文字や文体で判断した上でのことだが、乱暴な分け方を承知で、

①若年（三十代前半まで）
②中年（五十代後半まで）
③高年（六十代以上）

とすると、この三世代の言い分がみごとなまでに違うのだ。もちろん、それに当てはまらない手紙もあるし、あくまでも私に届いた限りの手紙をもとにして、私が感じた「傾向」である。

まず、若年層の圧倒的多くの内容が、

「内館さんは朝青龍に対して一人で闘って、一人でものを言って、勇気があると思った。でも、熱くなりすぎたとわかったようで安心しました。気持ちはわかりますが、ハッキリ言わない方が、内館さんのためにいいのにとずっと思っていました。他の横審委員が何も言わないのは嫌われたくないからだと思います」

「ハッキリ言ってくれて気持ちがよかったですが、敵も多くできると思います。内館さんにとって、それはよくないし、他の横審委員みたいに目立たないようにしている方が安全です」

というものである。

特に二十代男女に「ハッキリとものを言うと敵が増えるし自分のためにならない」「一人

で闘うな」という傾向が顕著だった。そして、会ったこともない彼らの文面は、本当に私のためを思っているという印象が、一文字一文字の手書きに感じられた。

これが高年層になると一変する。若年層とは対極をなす。その内容は、

「もっともっと言うべきだ。あなたはハッキリと言うから価値があったのに、頭を冷やしたりしては、あなたはもう不要の人間だ」

「朝青龍を許すと言うのか。態度を変えるのか。歯に衣《きぬ》着せずに言う人は、内館さんしかいない。とことん言い続けるべきだ。一人でも闘え！」

「あなたがハッキリ言わないと、朝青龍はますます増長する。あんなレベルの人間を横綱にした責任は協会にも横審にもあるが、責任を取れそうなのはあなただけなので、どんどん言え。もっと言え」

と、こうなる。

彼らは他の横審委員に対する糾弾も激しく、ここでは紹介を憚るほどの悪口をつらね、口をきわめてののしるその文面は、怒りが炎になってメラメラ状態。それなら、自分で新聞に投書したらどうかと思うのだが、中に、

「静かな余生を過ごしたいので、あなたに言ってほしいのです。我々のために言い続けて頂きたい」

という一通があった。まさに「他人のフンドシ」というアレだが、自分ではもう何もできないという諦めと、その一方でまだたぎる熱の折りあいがつかない年代なのだろうか。その苛立ちが、他の同年代の横審委員への罵詈讒謗《ばりざんぼう》になっている気もする。

この両極端な若年と高年の間を行くのが中年層で、これがまた何と言おうか、社会における中間管理職の立場を象徴していると言おうか、ものの哀れを感じると言おうか、切実かつ痛切でしみるのである。他の横審委員に関する見方にもそれがにじんでいる。

「あなたのように言いたいことを全部言えたら、どんなにストレスがたまらないことかと羨《うらや》ましかった。でも、初場所で朝青龍が好成績をおさめたら、流れがアンチ内館になり、今迄は内館さんの言葉に溜飲を下げてた人たちがそっちに流れた。社会とはそういうものなのだ。横審委員は会社のトップが多いので、風を見て動くことに丈《た》けているため、あなたのようにバカ正直にはならないのだ。たかが相撲、損得を考えて動くことを望む」

「あなたが『熱くなりすぎた』とわかったと知り、安心しました。真剣になればなるほど、ワイドショーやスポーツ紙を喜ばすだけで損です。他の横審委員みたいに静かにしているのが結局は一番りこうです。あのお歴々はあなたを矢面《やおもて》に立たせて自分たちは物を言いません。それは企業人として正当な処世術です」

と、こういう内容になるのである。

さらに、女性管理職らしき四十代からは、

「朝青龍が好きな人もたくさんいるわけで、その人たちに正論は通じません。私も企業の中で、両派の意見を調整しながら自分の本音を隠す方が結局は得なんだと学びました。ストレスはたまりますが、社会とはそういうものなのでしょう。内館さんのように明確に自己主張する人は、すぐ左遷ですよ」

中年のスタンスは「調整」であり、出世した人たちからの学習である。

どの年代からの意見も有り難く、またこれほどに相撲ファンがいることも同じファンとして嬉しかった。

ただ、若年層がこんなにも優しく、こんなにも嫌われることや一人になることを恐れ、こんなにも敵を作らぬよう心を砕くことに、いささか心が痛む。

生活の荒れ

たまたまテレビをつけたら、『ビューティー・コロシアム』というスペシャル番組（フジテレビ系）をやっていた。

これは顔や体にコンプレックスを持つ一般人女性を美しく変身させる番組である。スタジオには一流の美容形成外科医、歯科医、エステティシャン、ヘアメークアーティスト、スタイリストらがズラリと並んでいる。またゲスト席には石田純一さんや杉本彩さんなど数人が居並ぶ。

参加者は、この中に一人で立たされる上に、元々深いコンプレックスを持っている容姿であるだけに、誰もが伏し目がちで、言葉少な。が、司会の和田アキ子さんは同情もせず突き放しもせず、絶妙な距離感で質問をはさむ。すると、やがて涙ながらに語り出す。この容貌のために、どれほどひどいいじめに遭ったか、バカにされ笑い者になったかを、切々と語る。

その後、何か月かをかけて美容形成外科医やヘアメークアーティストらによって生まれ変わり、再びスタジオに登場する。その過去と現在の、あまりの違いにスタジオは騒然、画面を見ていた私も呆然。もうその変身ぶりといったら、本当に別人である。

何人かの参加者の中で、私が特に印象に残った人が二人いた。

一人は四谷怪談の「お岩さん」とあだ名された四十七歳。片一方のまぶたが目にかぶさって垂れ下がり、加えて「出っ歯」で口が閉じず、肥満体でお腹が大きくせり出している。

もう一人は、夫に死なれてひたすら働いて働いて子供を育てあげた五十九歳。顔だちはきれいなのに、皮ふはたるみ、シワは深い。鼻から口角に走るほうれい線やみけんの縦ジワもさることながら、首の年齢は七十代と言ってもいい。周囲からは「お婆さん」と陰口を叩かれ、つらいと言う。

二人とも、このままではいけないと思い、もっと人生を楽しみたいと思い、そのためにはきれいになることだと決心して、番組に参加したわけである。

実は私が何よりも驚いたのが、彼女たちからにじみ出る「生活の荒れ」だった。何しろ、素顔で登場しているので、肌にも髪にも体にも何ら手入れをしていないのが見てとれる。顔は陽に焼け、艶がなく、カサカサしていたりテラテラと脂っぽかったりするのが画面からもわかる。髪はペッチャンコで細く弱り、ボサボサである。洋服も靴もまったくなげやりで、何の神経もつかっていない。

むろん、番組スタッフは変身前と変身後の差を際立《きわだ》たせたいであろうから、おそらく前もって、

「変身前は普段着で、ノーメークで来て下さい」

と言ってあるのだろうと思う。それを承知した上であっても、あまりにも自分に手をかけていない。

ここまで自分自身を放ったらかしておける人は、日々を暮らすことにも何ら手をかけてはいないのではないか。日々の暮らしを丁寧に楽しむ人たちは、まず自分に手をかけると思う。

昔、私が武蔵野美大の学生だった頃、デザイン演習の授業で教授がおっしゃったことを今も覚えている。

「たとえば、くず籠は段ボール箱でも代用できる。だけど段ボール箱を部屋に置いて、そこに紙くずを放り込むことは生活の荒れですよ。生活の荒れは必ず気持ちを荒《すさ》ませる」

私は彼女たちを画面で見ながら、この言葉が重なった。

あくまでも推測だが、たとえばお茶碗が欠けていようが、カーテンが破れていようが石けん置きが汚れていようが、「いいよ、このままで。どうせ誰も見ちゃいないんだしさ……」と、何かそういう「荒れ」が姿形からにじんでいる気がしてならなかった。

ご本人たちは現在の容貌ばかり問題にしているが、もう少し自分に手をかけて生きて来た

なら、ずいぶん違ったと思うのだ。

和田アキ子さんも同じことを思われたのだろう。

「この番組に出るよりも、自分で努力しようとかケアしようとか、それは考えなかったんですか？」

という内容の質問をされた。

たかの友梨さんは柔らかく、でもハッキリと、

「五十九歳にしては老けてらっしゃいますね」

と一言。これも言外に「ここまで放っとく前に、何か自分で手入れできたのではないかしら？」という思いを感じさせる。

これらに対し、ご本人は、

「生活に追われて、それどころじゃなかった」

ということを答えている。

だが、どんなに生活に追われようが、お風呂で五分間のマッサージをする人はいる。お腹の出っ張りを解消しようと、寝る前に腹筋運動をする人はいる。

やがて私は画面を見ながら改めて実感させられていた。この人たちが発する「生活の荒れ」の匂いは、結局は自暴自棄から来ているのだと。女が容貌のことであれほどいじめられ

れば、それも無理はない。自分の容貌が、いつでも他人の嘲笑や噂のタネになっていると知ったなら、手をかけるよりも人生を棄《な》げたくなるだろう。

しかし、「お岩さん」と呼ばれた彼女は、美容外科手術をする前に、医師からダイエットを命ぜられた。そして、短期間で体重を落としたところ、それだけでかなり印象が違ったのだ。これは「絶対に生き直すわ！」という意識が相当の効果を加えているように思う。

番組の最後に「この番組は美容整形を勧めているものではありません」とテロップが流れたが、まずは人生を棄げず、自分に手をかけることだと認識させる番組だった。

スピリチュアルな趣味

女友達から電話がかかって来た。

「ものすごく当たる占い師がいて、予約も取れないらしいのよ。だけど、ツテがあるから旅行がてら行ってみない？　A子とB子も行くのよ」

私は自分の将来を予見してもらうことにまったく関心がなく、占いには興味がない。が、ある時にヒマつぶしに何気なく見てもらったところ、あまりの的中に背筋が凍りついた。

この衝撃は二度ほど何かに書いたことがあるが、一九八六年のことだ。二十二年も昔の話で、私は三菱重工を退社して二年半しかたっておらず、むろん脚本家デビューもしていない。

その日、私は文学座の芝居を観るために池袋のサンシャイン劇場に出かけた。早く着きすぎてしまい、開場まで時間をつぶす必要があった。

ふと見ると、フロアの一角に占い師がいた。私は何の関心もないのに、なぜかその時に限って占い師の前に座っていた。

占い師は中年の女だった。

「何を見て欲しいの？」

と聞かれたが、見て欲しいことが特にない。それを考えても、なぜ占い師の前に行ったのか不思議なことだ。私はたぶん、何気なく言ったのだと思う。

「四月に友達と東欧を旅行するんです」

今となってはその占いが手相だったか、他の何かだったか思い出せないのだが、やがて彼女は言った。

「東欧はダメ。やめた方がいい。ダメ」

占いでは、東欧は方角が悪いと出ているのだろう。だが、私はそんなことは信じないタチであり、どうでもいいことなわけだ。私はたぶん、どうでもいいように質問したのだと思う。

「何でダメなんですか」

彼女は答えた。これはハッキリと覚えている。

「どうしてなのか、よくわからないの、私にも。でも東欧はダメ。よくない兆《きざ》しが出てるわ」

これは恐かった。占い師本人が「理由はわからないけど」と言うのは、何だか逆に信憑性《しんぴょう》を持って迫ってくる。だが、一緒に行く女友達は会社に休暇申請もすませ、かつ、この期に及んで旅行をキャンセルしたなら、かなり多額のキャンセル料も出るはずだ。

占い師は、何だか困ったように優しく言った。

「なぜだろう、ダメなの。東欧以外のところにしたら？　アメリカとか……」

彼女が「アメリカ」という方角違いの国を言ったことも、鮮やかに覚えている。

帰宅後、私は一緒に旅行する女友達に電話をかけ、旅行を中止しようと訴えた。

彼女にしてみれば青天の霹靂《へきれき》であり、怒るより先にあきれて言った。

「あなた、占いなんか信じるの？　もう休暇のOKも出たし、二人でこんなに計画を立てたのに、占いを気にしてやめるわけ？」

だが、あの占い師の言い方や、理由がわからなくて困っている表情を思い出すと、私は何か大変な凶事が待っている気がしてならない。飛行機事故か怪我か病気か予測もつかないが、何か起こるのだ、きっと。

私は「キャンセル料は私が払う」とまで言って、女友達を説得。何も起こらなかったら笑われるのを承知で、旅行を中止した。

ところが、私たちが東欧への第一歩として、ウクライナのキエフに入るはずの四月二十六日、まさにその日にチェルノブイリ原発事故が起こったのである。

爆発した原子炉はキエフ近郊にあり、周囲八万二千平方キロメートルに死の灰をまき散らし、被曝者総数はウクライナだけで三百四十七万人以上と、後に報道された。観光客が怯《おび》えた表情で避難したり、帰国したりする様子がニュースでも繰り返し流されていた。

女友達も私も絶句した。

そして、何日か後に、二人でサンシャイン劇場の入っているビルに行った。あの占い師にお礼を言おうと思ったのだ。

が、彼女はいなかった。占いコーナー自体がなかった。以前には確かにあった。女友達は、

「たまたま、今日は店を出さない曜日かもよ」

と言ったが、私はあの的中と共に、何だか夢を見ていたような気がした。

以来、私は占いや霊視などには敬意を持って近づかない。むろん、それらは科学的には証明できないことであり、チェルノブイリの件も偶然ということはあるにしてもだ。

私が冒頭の「占い旅行」の誘いを断ると、女友達は電話で苦笑した。

「結局、あなたはやっぱりスピリチュアルなことに関心がないのよね。恐山のイタコに双葉山をおろしてもらったりしてる割には」

私はスピリチュアルなことに関心がないというより、自分の将来を予見してもらうことに関心がない。女友達に「スーパーリアリスト」と笑われたが、的中しようがしまいが、自分の将来の一端を知って心ときめくというタチではない。

まして、注意事項だの低運気だのを言われれば、言動を自己規制するだろう。逆に高運気を言われれば、気合いが入り過ぎるだろう。何も知らない方が、自由で楽なのである。だが、少しでも将来を知りたいタチの女友達は、ケロッと言った。

「一人に恐いこと言われたら、別でまた見てもらうのよ。で、いい話が出るまでアチコチ行くのも、これがまた楽しい趣味でね。温泉や地酒に癒やされて、これぞまさにスピリチュアルよ。今の時代はセカンドオピニオン、サードオピニオンは医師だけじゃないのよ。占いだって当然よ」

そうか、だから彼女たちは年がら年中、占い旅行で日本中を回ってるんだわ。何かマジメな私がアホくさくなったわ。

仰げば尊し

東京都の教育委員になって以来、私は毎年、都立高校や養護学校の卒業式と入学式に参列して来た。

何年ぶりかで参列した時に驚かされたのは、『仰げば尊し』が歌われていないということだった。そのかわりに、私が聞いたこともない新しい歌を歌っていた。それは確か旅立ちに関する歌で、はなむけにふさわしい歌詞と清々しいメロディがとてもよかった。

だが、それにしてもである。翌年も翌々年も、参列したどの式でも、『仰げば尊し』は歌われず、同じ曲かどうかはわからないが旅立ちに関するものが歌われる。

なぜ『仰げば尊し』が歌われなくなったのかと、私は不思議に思い、教育関係者複数に質問してみた。するとその人たちは、

「すべての学校で歌われていないわけではないと思うし、多くの理由があると思うが、その中の理由のひとつとして考えられるのは」

と前置きした後で言った。

「不平等問題と人権問題でしょう」

私は『仰げば尊し』のどこが不平等問題と人権問題に触れるのかわからず、二の句が継げなかった。その複数の教育関係者も困惑した様子で歯切れが悪かったが、不平等問題に抵触するとされたらしいのは、

「仰げば尊し我が師の恩」

という部分のようだ。

つまり、師も弟も同じ人間であるのに、一方が一方を「仰ぐ」ことや「尊い」とするのは「人間みな平等」の考え方に合わないということだと思われる。

私がかつて、国語審議会の委員だった時、「敬語」についての議論がたたかわされた。その時、一人の女性委員が言ったことが、今も忘れられない。

「『敬語』という言葉自体が差別です。同じ人間だから敬語は不要。生徒が教師に敬語を遣《つか》い、教師は生徒に遣わないのを認めることはできない。同じ人間だ」

こういう内容だった。私は反論した。

「人間はすべて平等というのは当然です。でも、立場の違いや長幼の序というのは考慮すべきではないか。教師は教えを授ける立場で、生徒は教えられ導かれる側です。同じ人間であ

り平等であることは大前提ですが、生徒の側には敬意があってしかるべきでしょう」

むろん、セクハラ教師やおかしな教師もおり、彼らに敬意は払いようもないが、それは別の問題である。

が、件《くだん》の女性委員は、

「敬語は差別。不要。人間はみな平等。切ればみな赤い血が出る！」

と言うだけで、まっとうな議論にならず、他の委員たちも引くのがわかった。

ただ、この論で行けば『仰げば尊し』が歌われなくなった理由はわかる。あの女性委員なら、

「同じ人間、一方が一方に恩を感じるのは平等ではないし、もとより、教え導くのは教師の仕事である。恩を感じて仰ぎ見る必要はありません」

と言うかもしれない。

『仰げば尊し』が歌われなくなったもうひとつの理由らしきもの、つまり「人権問題」に触れると考えられるのは、歌詞の、

「身を立て名をあげ」

という部分のようだ。

教育関係者複数は何とも困惑気味で、歯切れが悪いのだが、彼らの言葉から推測し、まと

めると、「身を立て名をあげ」というのは「立身出世、功名願望」として「悪」だととらえられている。そうなると、そこには悪いことが二つ考えられる。

一つは出世や功名心にかられた人間は、他人を裏切ったり貶《おとし》めたり、人として恥ずべきことをするだろうということ。そして立身出世を成すと、そうでない人を見下すようになるものだということ。立身出世は人間の価値に関係ないのに、これは人権問題だ。だから『仰げば尊し』は歌うべきものではないということだろう。

二つめは「身を立て名をあげ」たくても、さまざまな事情でそれができない人たちもいるということだ。そういう人たちにとって、「身を立て名をあげ」という歌詞は人権問題だということであろう。

なるほどと思う。

ただ、『仰げば尊し』の一番から三番の歌詞を、読み比べるとわかる。

一番は「師弟」のスタンスの歌詞である。二番は「友人同士」の歌詞である。三番は校舎や教室や、今でいうところの「キャンパス」への愛惜の歌詞だ。

「身を立て名をあげ」は二番である。つまり、友人間の思いである。さらに、一番にも三番にも使われていない「やよ」という言葉が、二番にだけは二度も出てくる。これは「呼びかけ」の古語で、歌詞には、

「別るる後にも　やよ忘るな」

「身を立て名をあげ　やよ励めよ」

とある。つまり、友人同士が卒業の日に教室で、

「別れた後も、ねえ、私のこと忘れないでよ」

「しっかり生きような。オイ、お互い頑張ろうぜ」

と、いつもよりちょっと高揚した言葉をかわす。そういうことだと私は解釈している。

「身を立て名をあげ」は何も大臣や大金持ちになろうと言っているのではなく、友人同士が
「お互い、しっかりやろうな」という餞《はなむけ》の誓い合いだろう。

今年、私は都立上野忍岡高校の卒業式に出た。ここは今年限りで七十年の歴史を閉じ、都立忍岡高校に統合される。

卒業式では『仰げば尊し』と『蛍の光』が歌われた。何も閉校するからではなく、毎年のことだという。私は生徒たちが泣きながら手を握りあい、教師も涙ながらに歌っている姿を見ながら、ここに人権問題を重ねることを改めて理解できないと思っていた。

二十五年ぶりの造船所

私は三菱重工業の横浜造船所に十三年余り勤務し、二十五年前に退職した。その横浜造船所の前身「横浜船渠《せんきょ》」には、作家の長谷川伸が少年給仕として勤めており、『宮本武蔵』を書いた吉川英治が現場作業員として働いていた。

吉川は『かんかん虫は唄う』という小説も書いている。

「かんかん虫」とは船のサビ落としをする人のことで、ハンマーのようなものでカンカンカンと叩いてサビを落とす。その姿は巨大な船体に止まる虫のようだとされ、その名がついたらしい。

私が入社した昭和四十年代半ばには、「かんかん虫」はまだいたし、これは決して差別的な名ではなかった。彼らは赤サビを返り血のように浴び、作業服も安全帽も真っ赤に染めて構内を肩で風切って歩いていた。その姿には、技能を持つ者の誇りが見えた。

そして、新造船、修繕船、橋梁、原動機等々、各製作部門にいる現場マンのライバル意識も強烈だった。そんな状況は女子社員にさえも影響し、特に教育しなくても愛社精神が生まれる気風が確かにあった。

今から十年くらい前に、私は三菱重工のＯＬ仲間だった数人と食事をした。私たちは退職後もビールは「キリン」である。麒麟麦酒は三菱グループ企業だからだ。ところが、重工にまだ在籍している一人が、ウエイターに、

「キリンとアサヒを半々に下さい」

と注文。そして私たちに、彼女は言った。

「アサヒビールがうちに発注してくれたの、スーパードライのビールタンクを。だから最近は女子社員だってアサヒとキリン半々よ」

それからほどなくして、私は当時のアサヒビールの名誉会長である樋口廣太郎さんにお会いした。お会いするなり、私は頭を下げ、言っていた。

「このたびは、うちにビールタンクをご発注頂き、ありがとうございます」

樋口会長はあっ気に取られ、棒立ち。考えてみれば、退職して十五年もたつ脚本家が「うち」と言って、発注のお礼を述べるのは、どう考えてもヘンである。

やがて樋口会長は、私からレストランでの一件を聞き、

「イヤァ、驚いた。どうやったらそういう女子社員ができるのか、重工さんに聞かなくち

や」

と真顔でおっしゃった。

そしてこの三月十三日、私は二十五年ぶりに「うち」を訪ねた。と言っても横浜ではなく、長崎造船所である。

長崎造船所が製作している「風力発電設備」が、今、地球温暖化改善の切り札のひとつとして注目を浴びており、私も関係している「日経優秀製品・サービス賞」を受賞。一度見たいと思っていたところに、イージス艦『あしがら』の引き渡し式にお誘い頂いた。二月十二日頃のことだ。

その直後、イージス艦『あたご』が漁船と衝突するという事故が起きた。私が事故後に長崎で引き渡し式を見た『あしがら』は、『あたご』型の二番艦である。

現在、漁船の乗組員父子の消息がまだわかっていないこともあり、式は通常より簡素に挙行された。そして艦は敬礼する乗組員と共に、「蛍の光」の曲に送られて岸壁を離れて行った。

その『あしがら』を造った造船マンたちが、艦が見えなくなるまで爪先立って海の彼方を凝視している姿に、私はまたもOL時代を思い出していた。船ばかりではなく、橋や原動機などでも、年月をかけて自分の手で造った製品が、手を離れる時の淋し気な顔をどれほど見て来たことか。

『あしがら』の姿を目で追っていた若い造船マンに、私は声をかけた。

「嬉しいけど淋しい？」

彼はうなずいて笑った。

「起工から竣工まで三年間もタッチしてたから」

そして、小さくなっていく『あしがら』に目をやったまま、言った。

「あれには、本当に国の役に立つ仕事をしてほしいです。乗組員も真剣に頑張ってほしい」

『あたご』の事故を考えた時、これは造り手全員の率直な願いだろう。まだ若い彼が艦を「あれ」と言った時、私は胸をつかれた。父親が息子を呼んでいるようなニュアンスを感じたのである。

防衛省はこの率直な願いを重く肝に銘ぜよ。

その後、私は造船所の中を案内して頂きながら、不思議なことに気づいた。退職後二十五年も使っていない造船用語が、私の口をつくのだ。ゴライアスクレーンだとかガントリークレーンだとか、ボール進水だの艤装だの内業組立だの現図だのモジュールだのという言葉が自然に出てくる。建造中のLNG船二隻を見て、

「こっちはメンブレン型で、あっちはモス型ですが、今はどちらが主流で、どんな長短があ

りますか？」

と質問した時には、自分にあきれた。「メンブレン」などは二十五年間も忘却していた言葉だ。

私のＯＬ時代は、男女格差の激しい社会であり、企業もそうだった。それに不満を爆発させ、私は退職して脚本家をめざした。だが、今になると改めて思う。私はそれなりに夢中で真剣に会社生活を送っていたのだと。かつて、樋口会長は、真剣に会社生活を送っていた人の定年後のことをおっしゃっていた。

「そういう人はね、記憶だけで生きていけるんだよ」

忘れていた造船用語が出て来たのも、そんな記憶の一種だろうか。

四月、多くの新入社員が多くの企業に入る。第一志望ではない企業であっても、しらけて冷笑することだけはやめた方がいい。それは自分に何も残してはくれない。

二十五年ぶりに「うち」の構内を歩きながら、そう思っていた。

時間のたつ速さよ！

先日、演歌歌手の香田晋さんから本が送られてきた。見ると、『ハチマキ王子のしりとりレシピ』（幻冬舎）という料理本である。ハチマキをしめた晋ちゃんがオタマを手に気合いを入れている表紙で、「ハチマキ王子」とは本人のことらしい。

彼が料理がうまいという噂は聞いたことがある気もするが、どうせ能書きを垂れただけだろうと思いながら開いてみた。

ページを繰るうちに、「何かホントにうまいみたい。ヤバイ……」と焦り出し、二〇ページ目で冷汗ダラダラ。そこには香田風の「筑前煮」のレシピが出ていたのだが、余った食材は炊き込みごはんやきんぴらに使い回せだの、煮汁は照り焼きや煮魚に活用せよだの、これは間違いなく料理がうまいのだと、やっと本当に気づいた。

だが、冷汗ダラダラの直接原因は「筑前煮」である。私はずっと忘れていた昔の大恥を思い出したのだ。

実は今から二十年近く昔、晋ちゃんが私の自宅に遊びに来た。その時、あろうことか私が料理をふるまったのだ。そうでなくとも私は『食べるのが好き　飲むのも好き　料理は嫌い』という本をNHK出版から出しているほどだ。

なのにあろうことか、晋ちゃんに筑前煮を食べさせたのである。

あの頃、彼は歌手デビュー前だったと思う。私は脚本家デビューして一年かそこらだった。当時、彼が所属していたレコード会社「東芝EMI」に私の友達がおり、その人が晋ちゃんの担当になった。それをきっかけに、三人で何度かお茶を飲んだりした。

といってもデビュー前の歌手と脚本家一年生では仕事の話になるわけもなく、三人でグダグダと世間話をしてはお茶を飲んで、時間をつぶしていたのだろう。晋ちゃんも私も時間はたっぷりあり、多忙でいつも疲労気味の担当氏は、喫茶店で居眠りばかりしていた。

そんなある日、私は担当氏に言ったのである。

「今度、晋ちゃんをうちに連れて来ない？　ごはん食べさせてあげるから」

よく言うよというものだ。

私は料理は嫌いなくせに、昔っから「相撲部監督型」の姐《アネ》サンで、こういうことを当たり前に言ってしまうのである。

それに、彼が船村徹師匠宅に住み込んで歌手修業をしていたことは知っていたが、賄《まかない》まで任されていたとは、本当に今回の本を開くまでまったく知らなかったのだ。賄係として、冷蔵庫内の残りものなども無駄なく使う腕自慢と知っていれば、いかに姐サンでも誘わなかった。

が、誘ってしまったがために、晋ちゃんと担当氏は本当にごはんを食べにうちにやって来た。

もっとも、私はヘッチャラだった。二十歳かそこらの男なんて、何を食べたっておいしいのだ。何を出したってガツガツとかっくらうのだ。二十歳かそこらの男なんて、どうせろくなものを食べてないし、味より量なのだ。私はここでも「相撲部監督型」の思いこみが出たのである。

それでどうしたか。簡単な話である。近くのスーパーや横丁の惣菜屋で、できあいの料理を山ほど買いこんだ。コロッケ、メンチカツ、ポテトサラダ、ギョーザ、刺身。そう言えばキンピラも買った気がする。おでんも買った気がする。自分で白いごはんを炊いた気もするが、どっかでお稲荷さんを買ってすませた気もする。

ともかく、船村徹師匠宅の賄とは知らず、晋ちゃんの前にはハチャメチャに和洋中の料理がドカッと並んだわけである。そのメインが筑前煮。大鉢に盛られ、ホカホカと湯気を立てている。いえ、横丁の惣菜屋で買ってチンしただけですけどね。あげく、私は、

「もっと食べなさい。ホラ、全部食べて食べて」

と「相撲部監督型」の全開。今にして思うと、晋ちゃんは一口食べて「どれもこれも全部チンだな」と気づいたはずだ。だが、彼は昔からいいヤツで、

「うまいですよォ」

とモリモリ食べる。この気遣い、さすが住み込みで鍛えられただけのことはあるではないか。

帰り際、姐サンはすっかりいい気分になり、玄関で見送りながら、

「またおいでね。次は別のメニューにするわ」

なんぞと言ったはずだ。いえ、別の惣菜屋って意味ですけどね。晋ちゃんは嬉しそうにうなずき、担当氏と共に出て行こうとした時、私は何気なく言った。

「晋ちゃんが着てるセーターすてきね。どこの？」

すると彼は、

「これ、好きですか？　買ったばかりで、今日おろしたんで、好きならあげます」

と言うが早いか、玄関でペロンと脱いで差し出した。そしてTシャツの上にコートを着て帰って行った。

その後、彼は売れっ子になり、「別のメニュー」を食べに来る機会はなかったが、テレビ

局などでバッタリと会うと、笑顔で必ず、

「今度は俺が料理作りに行きますよ」

と言った。その言葉から料理上手だとわかりそうなものを、今の今まで気づかなかったのだから、私もかなりトロい。

だが、横丁の筑前煮をうまいと食べ、ペロンとセーターを脱いだ二十代時代の彼を思い出すと、本当に「何て時のたつのは速いんだろ……」と驚きを通り越してあきれてしまう。人の一生なんてアッという間ねと実感する。

そんな中で出会える人間はひとつまみであり、大切にしないと……と殊勝な気分にさせられた。もっとも、男友達には、

「料理本でそういう気持ちになるヤツ、珍しいよな」

と言われたけど。

恋人たちの聖地

三月下旬の連休に沖縄に出かけ、つくづく驚いた。旅行客の圧倒的多くが、若いカップルなのである。もちろん、夫婦ではない。どう見ても十代後半か二十代前半の、学生風カップルの多さよ！

特に石垣島と竹富島は、どっちを向いても恋人だらけ。まさに「恋人たちの聖地」といったところだ。中には高校生にしか見えない男女も少なくない。

そんな学生風カップルを見ていて、私はとても興味深いことに気づいた。

カレシやカノジョと旅をすることに慣れている様子がうかがえるのだ。おそらく、多くは初めての二人旅ではあるまい。「旅に慣れている」というより、「二人でする旅に慣れている」という印象である。

まず、ベタベタくっついて「二人の世界」を作っていない。むろん、腕を組んだり手をつないだりはしているし、幸せそうに楽しそうにしているのだが、ベタベタもなく、チュッチュもなく、甘い声も媚びた目遣いもないのだ、全然。

海外に行くと、一目で夫婦ではないとわかる日本人カップルによく会う。それが中年男と若い女であれ、中年男女であれ、たいていはベタベタ、チュッチュ。そこまではしないカップルでも、甘い声と媚びた目遣いは普通だ。めったに実現できない「不倫旅行」を、めいっぱい楽しもうという健気《けなげ》さというか、さもしさというかが全開。「しょっちゅう旅している二人」という感じはない。

が、沖縄の学生風カップルは、本当にいつも二人で出かけているのだろうと思わされる。そこには夫婦に漂いがちな「倦怠感」ではなく、「日常感」のようなムードがある。一番気のおけない相手と、セックス付きの旅をしているという、何とも相容れない二極を軽やかに共存させている。

私はさすがに「うーん、日本もここまで来たか」と思った。

かつては「婚前旅行」という言葉があり、結婚前に男女二人で旅行をするのは特殊なことだった。それは女にとっては「純潔」という至宝を失う一大事だったのである。今や「純潔」も「婚前旅行」も死語になっているとはいえ、こうも健康的に、こうも日常の延長という雰囲気で、「婚前旅行」を当たり前に楽しんでいるカップル群団。それを見ていると、つらいだろうなァと思わされる。

恋人のいない男女が、である。

おそらく、旅であれ、映画やコンサートに行くのであれ、仲間うちの飲み会やパーティであれ、カレシやカノジョがいる人は、ごく当たり前に二人で行くのだろう。旅先での健康的な日常感を見ていると、いつも二人で動いているのだろうと思う。むろん、一人で動く場合もあるだろうが、カップルが一緒に暮らしているのも何ら珍しくない時代だ。おそらく、周囲も「二人単位」という行動を、当たり前のこととして受けいれているだろう。

思えば「同棲」という言葉も今では死語だ。「同棲」という言葉には、「婚外交渉」が放つ淫靡《いんび》さもあったし、背徳の匂いも、公言できない後ろめたさもあった。

それが今や「健康的、日常的な堂々たる婚外交渉」であるからして、淫靡だの背徳だのはありえない。よく言えば大らか、悪く言えば薄っぺらな時代になってしまったものである。

こういう社会になると、恋人のいない男女のつらさ、切なさは、各死語が生きていた頃とは比較になるまい。

実は沖縄で、一人の男性旅行者に気づいた。たぶん三十代前半かと思われる彼と、行く先々で一緒になった。那覇の空港でも、石垣島から竹富島に渡る船でも、レストランでも街の中でも、なぜか見かける。ポツンと一人でいるために目立つ上、白いワイシャツにグレーのズボン姿がまったく沖縄旅行に合わず、浮いてしまって目につく。

竹富島では、彼は牛車に揺られて島内を巡っていたが、牛車内は八割がカップル。二割が家族連れというところだ。そこに何だか会社帰りのクールビズ仕様の三十代が、隅っこに座り、風景を眺めているわけだ。牛車を引っ張る牛の方が幸せに見えたほどである。

竹富島には「星砂」と呼ばれる白砂の浜がある。持ち出し禁止とされるだけあって、本当にきれいな星の形をした砂だ。これはお守りにされたり、願いごとが叶うとされるので、カップルたちは寄り添って必死に探していた。見つかると歓声をあげ、カノジョの掌《てのひら》にカレシがそっと星砂を載せたり、この時ばかりはどこもかしこもどっぷりと「二人の世界」である。が、例の男はまたも一人で黙々と星砂を探していた。こうなると、なぜ沖縄の離島に「男一人旅」をしているのかと考えてしまう。

姿はクールビズだが、仕事で来ているようには見えない。

そして、女に追いかけられるタイプにも見えない。もっとも女の好みは千差万別なので断定はできないが、一般的に考えたら、もてるタイプではない。そのため、女から逃れて一人旅には見えないし、女と別れて傷心旅行にも見えない。

悲惨だが、女がいなくて一人旅にしか見えないのである。

これは、敢《あ》えて「恋人たちの聖地」に飛び込み、一人で星砂を探すことで自分を鍛えたかったのか。それとも「カノジョが欲しい」という願いを叶えるため、竹富島まで星砂を探しに来たのか。

南国の太陽の下、寄り添って掌の星を見つめ合う恋人たちと、クールビズ姿で一人、砂をすくう三十男。これも「格差社会」だと思わされたことである。

平仮名地名、もう十分

こんぴら歌舞伎を見に香川県に行き、「さぬき市」という文字を見て思わずつぶやいていた。

「あらァ、ついに讃岐まで平仮名になったのね……」

私は以前から、平仮名の市名や町名の増加が気になってならなかった。おそらく、読みにくく画数の多い漢字より、平仮名表記の方がわかりやすいし、書きやすいし、ソフトな印象があると考えて増加したのだろう。選挙の立候補者が名前に平仮名を取り入れるのと考え方は同じだと思う。

私は個人的には「さぬき」より「讃岐」が、「こんぴら歌舞伎」よりは「金毘羅歌舞伎」と表記する方が好きだが、今は平仮名表記が世の流れなのかもしれない。

ただ、読みやすくて書きやすくてソフトな印象を手に入れると同時に、漢字の持つ重厚さ、漢字の持つ意味、漢字の並び方の美しさ、そして名前の風格はどうしても消える。

たとえば岩手県盛岡市を流れる北上川に「夕顔瀬橋」という美しい名の橋が架かっている。もしも世の風潮に沿って、「ゆうがおせばし」と変更したら、そのつまらなさがよくおわかり頂けよう。「夕顔」という漢字から、あの白く儚《はかな》い花が思い浮かび、「瀬」という漢字から川辺がイメージされる。

「夕顔瀬橋」という漢字名だけで、川辺に夕顔がひっそりと咲いている様子をうかがわせる。それは名前にキャラクターが与えられているということだ。

東京の赤坂見附には「弁慶橋」という橋がある。これとて「弁慶」という漢字にキャラクターがあり、夕顔瀬橋と同じイメージは絶対に持たないだろう。

漢字の名前にキャラクターがあるのは、漢字が「表意文字」だからだ。漢字は文字一つにすべて意味がある。それがキャラクターを作り、名前に人格を与えるのだと私は思っている。

一方、平仮名や片仮名、アルファベットなどは「表音文字」であり、個々の文字は音声を表す記号のようなもので、意味を表してはいない。「ゆ」は単に「Yu」という音声を示しているだけだ。わかりやすいし読みやすいが、記号の羅列に人格やキャラクターがないのは当然である。

私は以前から平仮名表記の風潮を苦々しく思っていたこともあり、全国にどのくらい平仮名の地名があるのか調べてみようと思い立った。そして、秘書のコダマの力を借りて、都道府県のホームページを検索してみた。見落としもあると思うが、四月十五日現在で次の地名を見つけた。（　）内は漢字ならばこう書くのであろうというもので、旧名や周辺の地理、市町村名などを考慮して私が書いた。

また、（漢字不明）としたものは、合併による新しい地名であり、当初から漢字は想定していないということもありうる。もしも間違っていたならぜひ編集部にご一報頂きたい。

〈北海道〉えりも町（襟裳町）、むかわ町（鵡川町）、せたな町（瀬棚町）、新ひだか町（新日高町）

〈青森〉むつ市（陸奥市）、つがる市（津軽市）、おいらせ町（奥入瀬町）

〈秋田〉にかほ市（仁賀保市）

〈福島〉いわき市（磐城市）

〈茨城〉つくば市（筑波市）、かすみがうら市（霞ヶ浦市）、つくばみらい市（筑波未来市）、ひたちなか市（常陸那珂市）

〈栃木〉さくら市（桜市）

〈群馬〉みどり市（漢字不明。「緑」という漢字の持つ意味をこめたのか？）、みなかみ町（水上町）

〈埼玉〉さいたま市（埼玉市）、ふじみ野市（漢字不明。駅名から命名か？）、ときがわ町

（都幾川町）
〈千葉〉いすみ市（夷隅市）
〈東京〉あきる野市（秋留野市）
〈石川〉かほく市（漢字不明。「河北市」か？）
〈福井〉おおい町（大飯町）、あわら市（芦原市）
〈三重〉いなべ市（員弁市）
〈滋賀〉「びわ町」（琵琶町）という地名があったが、合併により現在はない。
〈兵庫〉たつの市（龍野市）、南あわじ市（南淡路市）
〈和歌山〉すさみ町（周参見町）、みなべ町（南部町）、かつらぎ町（葛城町）
〈山口〉「むつみ村」（漢字不明）という地名があったが、合併により現在はない。
〈徳島〉東みよし町（東三好町）、つるぎ町（漢字不明。「剣町」か？）
〈香川〉さぬき市（讃岐市）、東かがわ市（東香川市か？）、まんのう町（満濃町）
〈高知〉いの町（伊野町）
〈福岡〉みやま市（三山市）、うきは市（浮羽市）、みやこ町（京都町）
〈佐賀〉みやき町（三養基町）
〈熊本〉あさぎり町（漢字不明。「朝霧」の意か？）

〈宮崎〉えびの市（蝦野市）
〈鹿児島〉いちき串木野市（市来串木野市）、南さつま市（南薩摩市）、さつま町（薩摩町）
〈沖縄〉うるま市（宇流麻市）

これらを見た限りにおいてだが、平仮名の地名は合併して新しい市町村につけられることが多いようだ。住人にしてみれば、合併前の我が地域名に愛着があろう。となるとどこかひとつの地名だけが生き残って、そこに吸収されるような印象は許せない。それならいっそ、まったく異質の名前を平仮名で……となるのだろうか。だが、漢字表記と比べてみて、読者の皆様はどう思われただろう。

私は「のぞみ」だの「はやて」だの「つばめ」だの列車名は平仮名でもいいのだが、地名は絶対にイヤだ。

実は国際宇宙ステーションの「きぼう」も、なぜ「希望」にしないのかとずっと腹を立てていた。

日本たるもの、表意文字という文化を宇宙に飛ばしなさいよ！

それにしても挨拶

少し古い話だが、親戚の者が、お世話になったA氏をお招きし、ごく内輪の夕食会を主催した。

食事が始まる前に、私を含む何人かがA氏と共に別室で話しながらお茶を飲んでいると、主催者がA氏に息子を紹介したいと言う。そして、当時大学生だった息子が呼ばれた。

何と、彼は大学生にもなって、まともな挨拶ができないではないか。ヌーッと部屋に入って来て、首だけを前に突き出し、お辞儀をしているのかしていないのかゆるい曲線で立ち、なし崩しにソファに座った。A氏がきちんと挨拶されたのに、息子は首だけ動かして笑うのみで声は出さない。私は驚くと同時に、心底恥ずかしかった。

そして会食の時、私は息子の隣に座り、小声で言った。

「さっきみたいな挨拶してると、就職試験ではすぐにはねられるわよ。試験前の会社訪問でアウトだわ」

　すると息子、すごく真剣な表情で耳を傾けるのである。私は、

「ああいう時は、部屋に入って来たら、まずまっすぐに立って、名前を言うの。そして首だけじゃなくて、背すじを伸ばしてお辞儀をするのよ。頭を下げたら、『1・2』と数えて3つめで頭を上げるの。人によっては4つめで上げろって言うほどで、頭はきちんと下げないとダメ。覚えておくと、後で必ずよかったって思うわよ」

　会食の席でこれ以上言っては楽しくなくなると思い、私はすぐに話題を変えた。

　すると会の終了後、彼の挨拶が一変していた。主催者の息子として、A氏をも他の客をも、ものの見事な礼で送り出している。彼はいかにも「今時の子」なのだが、ほんの一言注意しただけでこうも変わるのかと、私はまた小声で彼に言った。

「カンペキ！」

　彼が照れたように笑ったことを今も思い出す。

　あれから時が流れ、私は東北大相撲部員に挨拶をうるさく言いながら、ふと心配にもなる。甥や姪や親戚の他の子は、ちゃんと挨拶できているのだろうな……と。もしも身内の若い子がユルユルなのに、他人にビシバシ言い、あげく「高砂親方は挨拶ひとつできない」と激怒したのではシャレにもならない。

　一方、例の大学生の変化を目のあたりにした時、私はつくづく考えさせられたのである。

つまり、挨拶できない理由をだ。

「親が教えていないから」という理由はずっと前から言われているが、なぜ教えないのかと考えると、親も挨拶できないからだ。昨今、挨拶のできない大人はものすごく多い。

なぜできないのかと考えると、おそらく挨拶がそれほど大切とは思っていないのだろう。世の中には挨拶より大切なものがあると。それはそうだが、挨拶ができないと、時に命とりになる。

また、子供が挨拶できない理由の大きなものに、大人や親が過剰に子供の立場に立つせいもあると思う。たとえば先の親戚の食事会にしても、「息子さんは出て来ただけで立派よ」とか「息子さんはA氏なんか関係ないもの、その程度の挨拶でいいんじゃないの」という類の大人は必ずいる。

バカなことを言っては困る。非常に世話になったA氏を家族総出でもてなしたいと両親が考えた以上、息子が挨拶とお礼を述べるのは当然。「来ただけ立派」とか「あの挨拶が普通」とかとんでもない話だ。過剰に子供の側に立って「話のわかる大人」だと思っているなら大きな勘違い。やらねばならぬことは小学生でもきちんと、厳しくやらせるべきだ。

子供が挨拶できない理由として、もうひとつ大きいのは、「年齢によって流される」ということだ。あの息子も、中学入学くらいまではきちんと挨拶できた。いつでも大きな声で挨拶し、野球帽を取って頭を下げていた姿も私は何度も見ている。現実に、彼の母親はかつて喜んで言った。

「ご近所でもほめられるのよ。本当に気持ちよく挨拶する子だって」

それを知っている私であるだけに、挨拶できない大学生に成り下がっていたのは衝撃だったのだ。

だが、中学、高校とあがっていくうちに、きちんと挨拶できる子は「まじめ」として疎《うと》まれたり、周囲から浮いたりということがあるのではないか。挨拶できることがいじめの対象になったり、もしかしたら「挨拶くん」などと、あだ名をつけられて笑われることもありうる。そうなると、集団の中で生きる知恵として、幼い頃のように挨拶をしなくなることは十分に考えられる。まさに「悪貨は良貨を駆逐する」である。恐いことだ。

何よりも今、思うことは他人が教える効果である。

昔は親が教えていたわけだが、今は家族関係も変化しているし、昔では考えられない心配ごとなどが親子間に生じたりもして、親が教えにくい状況もあると思う。他人が、愛情をもって教える意識を持てば、ずいぶん違うのではないか。

ただ、他人とて注意はしにくいものだし、傷ついて自殺でもされたらとか、逆ギレされたらとか、ついひるむ。実際、この間は警官に自転車の二人乗りを注意された女子中学生が逆ギレして、ツバを吐き、足を蹴ったという事件もあった。

だが、多くは聴く耳を持っている。「うぜえ」という顔をすることもあろうが私たち団塊世代が若かった頃よりはずっと素直で、穏やかなように思う。

親戚の大学生は、今では社会人として新入社員に指導していると聞き、これにはさすがに笑った。

「運動部は嫌い」だって

東北大相撲部員に、私はこのところ言い続けてきた。

「何より大事なのは、新入部員の獲得よ。とにかくつかまえて、まずは道場に連れて来て」

実は今年、大相撲から誘われたほどの部員と、百九十センチの長身で懐の深い部員が卒業。加えて全国連覇を成した留学生も卒業し、監督としては苦しい。だが、嬉しいことに、三年生の四人がかなり強く、留学生一人は強豪青森大にも勝つほど。彼らが在学中は何とか心穏やかでいられる。

また女子マネージャーは文学部、理学部、医学部、歯学部とそろい、それぞれの持ち味を生かし、部誌の編集から各種データまでを作る上、部員が怪我をしようが歯をへし折ろうが、オタオタする女どもではない。実に頼もしい。

だが、だがである。再来年には、選手もマネージャーもゴソッと卒業する。そうなったらどうするのだ。新入部員を毎年きちんと獲得しないと、つぶれる可能性だってある。三年前、部員四人から甦った東北大相撲部が、また存亡の危機ではシャレにならん！　部員一同、必死である。

何とか他部より目立とうと、美しい版画の大相撲絵番付を配って勧誘したり、チャンコ鍋試食会を開いたり、マワシ試着と裸足で土俵に立ってみる機会を作ったり、手を替え品を替えの作戦である。

ところが、なかなか入部者がいない。絵番付は大喜びで受け取るし、チャンコ試食会は対応できないほど集まるし、マワシも試着するのに、いざ入部となると、腰が引けるらしい。

それを聞いた短気者の私は、仙台で全部員を集め、

「何をやってるの。気合いが足りないのよ。アメフトやボート部や、ラグビー部や柔道部に取られてるんじゃない？　そういう部とは、欲しい学生がかぶるんだから、絶対にぶん取らなきゃダメよッ」

と檄《げき》を飛ばした。

すると、部員たちが口々に言うのである。

「いや、今年はボートもアメフトも部員が集まらなくて必死なんです」

ボートは東北大伝統の部で、オリンピックにも出ている。アメフトは毎年、一番人気だ。

にわかには信じられない私に、部員たちは、

「ラグビーも、まだ一人しか入ってないって聞きました。どこも運動部は大変なんです。今年は何か特に入りたがらないって、色んな運動部が嘆いてます」

と言う。ゴルフ部やテニス部はわからないが、いわゆる「肉弾戦」の運動部は相当焦っているようだ。むろん、相撲部もである。

他大学の学生ともじっくり話してわかったのだが、人気があるのは「縛りがないサークル」らしい。例えば美術系サークルなら「好きな時に部室に行って、好きに絵を描く」ようなな。音楽系サークルなら「好きな時に部室に行って、居合わせた仲間と音楽情報を交換する」ようなな。

そうか、日本の若者はここまで来てしまったかと、正直なところ愕然とした。

昨今の大学運動部は、よほどの強豪校を除けば、練習も規律もそう厳しくはないはずだ。過去に比べ、上下関係や礼儀作法、規範等は、いずれも相当ゆるいし、すべてにフレキシブルで、「縛り」というほどのものはない。

とはいえ、「好きな時に好きなようにやる」というパターンのサークルに比べたら、ゆるい運動部であっても「きつい縛り」として受け取られるのだろう。

「縛られたくない」という主義主張はまさに現代的ではあるのだが、それはとどのつまり、十代のうちからゆるい方へ、ゆるい方へと行く風潮なのではないか。そう思った時に愕然としたのである。

私は自分が相撲を取ったことがないので、技術的なことは教えられないが、繰り返し言っているのが、

「負けてもいいから、前に出ること。苦しくても前に出て」

という一言である。

大相撲の親方衆が口をそろえて言っているのだが、前に出ないで引いたり、変化技で楽して勝っても、それは力として蓄えられないそうである。確かに白星にはなるが、力にはならないという。それをわかっているからこそ、親方は弟子が楽して勝つと叱るのだ。

私の場合は、学生のうちから変化や引きで勝つという「ゆるさ」に染まってほしくないのである。ゆるいことは加齢と共に幾らでもできるのだから、今は自分たちのレベル内でのきついことを、敢えてやっておけという思いである。

ただ、若い時代にゆるさを避けた人たちと、若いうちからずっとゆるいままの人たちが、将来的にどう違うのかはわからない。何も違わず、ずっとゆるいままの方がラクでトクだったということもある気がする。だが、それでも若いうちから「ゆるさ」に流れることをさせたくない。根拠はないが、やはり何かが蓄えられるように思うのである。

東北大相撲部員はものすごく就職がいい。一流企業の内定を次々にもらう。辞退した会社

の人事部長から私に直接の電話が入り、

「彼は何とかうちに欲しい」

と懇願されたこともある。

おそらく、何かが蓄えられた結果ではないかと思いたい。

そう思った時、私は新入部員獲得作戦のいい手に気づき、部員たちに言った。

「相撲部は就職が抜群にいいって叫ぼう。これはすごい売りよッ！」

すると部員たち、シラーッとした目で答えた。

「叫びました。でも一年生は、まだ就職なんて関心なかったです」

ごもっとも……。

野菜の花

五月四日の朝日新聞の「天声人語」に、

「そういえば、野菜や果物の花をどれほど知っているだろう」

とあり、『キャベツにだって花が咲く』（稲垣栄洋・光文社新書）から、野菜の不思議についてふれていた。

私は同書はまだ読んでいないのだが、「野菜の花」に関し、日本人の細《こま》やかさに圧倒されたことがある。それは初めて丁寧に「歳時記」を読んだ時のことだ。

私がまだ会社勤めをしていた頃、初めて、「歳時記」全五巻を丁寧に読んでみたのである。あの時はつくづく驚いた。各野菜の花が、季語としていちいち載っているではないか。

野菜そのものが季語として載るのはわかる。「茄子《なす》」が夏の季語だとか、「獨活《うど》」が春の季語だとか、それが載るのは普通に考えられることだ。だが、「茄子の花」も「獨活の花」も、きちんと夏の季語にある。これは普通では考えられまい。四季折々に、なじみのない花まで季語として載っている。

私はあの時、日本人は脇役の「野菜の花」にまで目を配り、季節を感じ、愛情をもって見ているのだと、本当に圧倒された。日本人の細やかさや文化は、世界に誇れるものだと、心底思ったのである。

それも、野菜の実と花は時期がずれているわけであり、季語はそこもきちんと押さえている。同じ夏の季語でも「茄子」は晩夏の季語に入り、「茄子の花」は初夏である。これは慈《いつく》しんで見守っていればこそだ。おいしく食べる野菜の「実」だけではなく、ひっそりと咲く「花」にまで目を注ぐ。これこそ、日本人の「品格」というものだろう。

「歳時記」は時代に応じて変わるものらしいが、私の持っている『新俳句歳時記』全五巻は、昭和三十一年に光文社から出たもので山本健吉の編による。一冊が百九十円から二百五十円という古本だ。実はこの全五冊、会社のゴミ捨て場に棄げられていたのを拾ったものだ。あれから、二十五年近くがたつ。

現在の「歳時記」では変更もあるかもしれないが、私のものに載っている「野菜の花」の一部を見ただけで、日本人の心がわかるというものだ。

例えば「春」の季語の中には、「藪蕎麦《やぶそば》の花」がある。「蕎麦の花」は秋の季語だが、それとは別に「藪蕎麦の花」まであるのだ。他にも「大根の花」、「豆の花」、「葱《ねぎ》坊主」をはじめとして多く出ているが、春は野菜よりも果物の花が多い。「木苺の花」、「李《すもも》の花」、「岩梨の花」、「山櫻桃《ゆすら》の花」、「通草《あけび》の花」等々、山の中にひっそりと咲いていそうな花々がたくさん並ぶ。また、春は「山椒の芽」とか「草の芽」とか、「芽」までが季語として並ぶ。

「夏」になると、「瓜の花」、「胡瓜《きゆうり》の花」、「牛蒡《ごぼう》の花」、「韮《にら》の花」、「野蒜《のびる》の花」、「山葵《わさび》の花」、「蜜柑の花」、「柿の花」、「柚《ゆ》の花」、「胡麻《ごま》の花」、「玉蜀黍《とうもろこし》の花」等々、野菜や果物の花がふんだん。地味であろうが、見る人がいなかろうが、きちんと季語として人格が与えられているのはいいものだ。

「秋」は「小水葱《こなぎ》の花」、「茗荷《みょうが》の花」、「煙草の花」、「辣韮《らつきよう》の花」等々。野菜や果物の花がない「冬」にも「茶の花」が入っている。

「歳時記」を見ていると、日本人は植物を「植えて」「芽が出て」「花が咲き」「実がなり」「収穫する」という流れを、四季の中で喜んでいたことがよくわかる。動物と違って声を発することも、喜怒哀楽を示すこともできない植物だが、日本人は「生きているもの」に対し、こうも優しい目を注いでいたのだとよくわかる。また、害虫にまでも美しい漢字を当《あ》てて、季語に入れる心は優しい。

であればこそ、各地で連続して起きている「チューリップ、パンジー虐殺事件」は、日本人が変質してしまったとさえ思わされる。

福岡では二千本のチューリップが自動車でつぶされ、群馬では三度にわたって、合計千九百十五本が切り裂かれている。防犯カメラに傘をふりまわしてチューリップをなぎ倒す男の映像があったが、まだ捕まっていない。さらに埼玉では、百八十二株のパンジーを引き抜いた男が逮捕された。福島の小学校では花壇のチューリップ五十三本が切られ、新潟の小学校でも三百本が折られた。新潟の犯人は複数の男女中学生だった。

弱いものを虐殺したということでは、四月に水戸市の千波湖《せんば》で黒鳥五羽と白鳥二羽が撲《なぐ》り殺された事件もある。これも犯人は複数の中学生だった。

卵をあたためていた黒鳥などを、棒のようなもので撲り、多量の内出血や頭蓋骨骨折などで虐殺した。中学生たちは調べに対し、

「羽を広げて抵抗する白鳥を殺すのが楽しかった」

と答えていると、五月十五日の朝日新聞では報じていた。

チューリップやパンジーは、されるがままに声もあげずに殺されたわけだし、鳥はきっと断末魔の悲鳴をあげながら羽を広げただろう。中学生たちは、その死にぎわの苦しみと声が「楽しかった」というのか。

テレビや雑誌などでは、ジャーナリストや心理学者たちが、

「日頃から抱えていたムシャクシャを、植物に当たりちらしているのでは」

「パソコンやネット、メールなどの普及で、生きた人間と顔を合わせて何かをすることが減っている。現代人にとって、顔を合わせない方がここちよいにしろ、悪影響が出ている」

などとコメントしていた。

かつては野菜や果物の花、害虫にまで人格を認め、愛し、共に生きてきた日本人が、なぜこうなったのか。

日本人はおかしくなった。

「道」の変質

NHK総合テレビで、

「JUDOを学べ」

というドキュメンタリー番組を見た。非常に面白かった。

「JUDO」とは「柔道」のローマ字表記。今や、日本の「柔道」はヨーロッパなどの「JUDO」に学ばなければ勝てないという現実を表しており、番組では井上康生選手と石井慧《さとし》選手を追っていた。

井上選手は、一九九九年から二〇〇三年まで世界選手権を三連覇。全日本選手権も〇一年から三連覇で、シドニー五輪では金メダル。神がかり的に強かった。だが、〇八年全日本選抜体重別選手権では優勝しているものの、ひと頃の勢いはなく、北京五輪の代表を決める全日本選手権でも敗退。ついに五月、引退を表明した。

一方の石井選手は、〇六年全日本選手権で、初出場の初優勝。当時十九歳四か月の史上最年少だった。そして現在、まだ二十一歳ながら井上選手が敗れた全日本選手権を制覇。北京五輪代表を決めた。

二人の柔道に対する考え方は大きく異なるが、両者とも非常に説得力がある。

井上選手は「一本勝ち」にこだわる。

相手との「間」を重視し、堂々と正面から一本を取ろうとする柔道である。むろん、勝つことには執着するが、姑息《こそく》な手段や恥ずかしい戦法で勝つことを潔しとしないのだろう。彼の中心を貫く思想は「柔の道」なのだと、私は門外漢ながら思った。

一方の石井選手は、現在の国際柔道界を見て、「もはや一本取って勝つという柔道では通用しない」と考える。

どんな体勢からでもポイントを狙い、加算し、鮮やかな勝利でなくとも、判定やかけ逃げであっても、何が何でも勝とうとするヨーロッパ柔道が、世界の流れだと考えている。

おそらく、かつては石井選手も井上選手と同じ考えであったに違いあるまいと、その言葉の端々からうかがえる。石井選手の、

「今はもう、横文字のＪＵＤＯの時代であり、順応するしかない。外国の柔道は進化している」

という言葉からもわかる。

実際、番組内でインタビューされた外国人選手は、

「汚い柔道も、時にはしないと」

と答えている。

井上選手には身の毛もよだつ言葉だろう。が、石井選手の次の言葉は重い。

「今、置かれている環境に、いち早く順応できるヤツが強くなる」

石井選手が、ここに到達するまでには、おそらく相当な苦悩があったと思う。そして、時代のそんな流れを十二分に承知しながら、一本勝ちと「柔の道」にこだわることを選んだ井上選手も、その苦悩は深かったと思う。

であればこそ、二人の姿勢には説得力があった。どちらが正しいなどと口にすることはおろか、どちらの考え方が好きということさえ、思ってはならぬと感じたほどだ。

ただ、「汚い柔道も、時にはしないと」とシャラッと答えた外国人選手を見た時、「道」のつく日本文化は「国際化」となった時点で、変質せざるを得ないのだと思った。柔道、相撲道、剣道、合気道、弓道などの武道や、華道、茶道、香道、書道、棋道など「道」のつくスポーツや技芸は、そのままでは諸外国人には受けいれが難しいだろう。

「道」は日本人の精神文化であり、つまるところは道徳だ。教えだ。そこには礼節だの所作だの、己《おのれ》に恥じぬ心だの、そういうものが色々とある。だが、諸外国人にとっては、もちろ

ん、すべての外国人ではないが、汚かろうが、せこかろうが、

「勝てばいい」

になる。この考え方も文化であり、単に「道」とは相容れないだけだ。

となると、力関係や時代の流れなどにより、「道」の方を変質させないと、国際的にならない。

かつて、柔道着が青色になることなど、日本人の誰が想像しただろう。この一点だけでも「JUDO」になっていることを感じる。

今、私の手もとには、黄色く変色した新聞記事がある。二〇〇四年八月七日の朝日新聞だ。作家の沢木耕太郎さんが、アテネ五輪開幕を六日後に控えた井上選手に、インタビューを試みた大きな記事である。

私はその頃からすでに、横綱朝青龍の不遜な態度や日本文化をなめた姿勢に危惧を抱き始めていた。もしもこのまま増長すると、必ず何か問題を起こすだろうと不安を抱いていた。そんな時に見た記事であり、井上選手に感心し、どうにもこの古い新聞が捨てられず、今も取ってある。彼は、

「なんとなく柔道の心というものがわかってきたような気がするんです」

と言い、「礼に始まり礼に終わる」ということへの思いを語っている。最初は、とりあえ

ず礼だけしておけば叱られないという感覚だったのが、礼には自分と戦ってくれた相手への敬意、感謝の念もあるのだと気づく。そして、

「そういう気持ちを大事にするところに柔道の本当の素晴らしさがあるんだということがようやくわかってきたんです」

と答えている。まさしく「道」であり、「勝てばいい」の文化圏の選手たちには受けいれ難いだろう。

今後、井上選手はＪＵＤＯ全盛の中で、どう後進を指導していくのか。一方、石井選手は「どんなことをしても北京で金メダルを取ります。勝たなきゃしょうがない」と言明。共に茨《いばら》の道だ。

だが、こんなにも真摯《しんし》に柔道と向かい合う人材がいるだけで、柔道界は先が明るいと思わされた。

幸せにしてくれる人

五月八日に、京都府舞鶴市の雑木林で、十五歳の女子高生が遺体で発見された。頭を鈍器で殴られ、失血死だとされたが、この原稿を書いている時点では犯人はつかまっていない。

報道によると、ほとんど人通りのない深夜の道を、その女子高生が男と二人で歩いているところを、防犯カメラがとらえていたという。女子高生はその男と逢うために、真夜中に家を出たのだろうか。

この事件の核心とは離れているが、私は五月十七日に、ＴＢＳテレビの報道番組『ブロードキャスター』を見て、衝撃を受けた。

それは、この女子高生の友人の証言だ。女子高生は、

「幸せにしてくれる人が欲しいわ」

と、友人に語っていたというのである。

私にとって、これは想像もしなかった言葉で、一瞬、耳を疑った。

「幸せにしてくれる人が欲しいわ」

これを十五歳が言ったという衝撃。二十五歳ならわかるが、中学を出て二か月たつか、たたないかの少女が言ったという衝撃。

むろん、そこには「結婚願望」が言わせたという「二十五歳的な」意味はあるまい。「カレシが欲しい」という程度の思いだろうと考える。だが、それは「カレシを作って、そのカレシに幸せにして欲しい」と思っていた十五歳だからこそ、出てきたセリフだろう。

『女性セブン』五月二十九日号では、その殺害された女子高生の「お兄ちゃん」的存在という幼馴染《おさななじみ》の少年が、語っている。

「あの子はこれまで男とつきあったことがない」

そして深夜に外出するような子ではないと言っている。さらに少年は、彼女の母親もしっかりした人だと言い、深夜の外出を許すような親ではないと語っている。

さらに、「誰かに呼び出されて外出したのでは？」という疑念に対し、

「絶対にない」

と断言している。

だが、現実には女子高生は外出した。彼女は、防犯カメラに映っていた男を「幸せにしてくれる人」と考えていたのだろうか。そのためには彼の心をつかむ必要があるとして、普段

なら「絶対にない」という深夜の外出に、呼び出されるままに応じたのだろうか。

私は前にもこのページに書いたが、今、「カレシ、カノジョのいない人たち」が、あまりにも肩身の狭い社会になってはいないか。

あくまでも私の推測だが、おそらく、殺された女子高生の周囲もカップルだらけだったのだろう。同年代の少女たちは、

「すっごく幸せ……」

などと口にしていたのだろう。そんなノロケは責められないが、カレシのいない少女たちの焦りと渇望と淋しさは大変なものに違いない。であればこそ、わずか十五歳で、

「幸せにしてくれる人が欲しいわ」

と言う。これは脚本家が机上でひねり出せるセリフではない。

恋愛年齢やセックス年齢がどんどん下がっている今、もはやそれを上げるのは無理だろう。ならばせめて、他人に幸せにしてもらうことの危《あや》うさ、脆《もろ》さを教えておく必要がある。

もちろん、他人からもらう幸せでも、揺るぎなく、堅固な場合も多い。まして、年齢が若ければ「幸せにしてもらう」という甘美な状態に夢を見る。それはとても健全なことだ。

だが、大人たちは、

「他人をアテにしないで自分で自分を幸せにすることもヒヤヒヤドキドキ、面白いよ。幸せ

にしてくれる人が現れるまでは、そうやって待っていた方が、ずっと色んな人に知りあえるしね」

と言ってもいい。

きっと彼女たちは「自分で自分を幸せにする」ことは淋しすぎるとか、そんな強い女ではますますカレシができないとか、反論しよう。また、お定まりの「人は一人では生きられない」とも言いそうで、それはその通りだが、場違いの言葉だ。つまり、しょせんはそのレベルの反論しかできない「子供」であり、幼くて脆弱《ぜいじゃく》なのだ。大人がカバーし、楽にしてやる必要がある。

私は年齢に関係なく、「他人に幸せにしてもらう」という危うさ、脆さは男女ともに心に留めていた方がいいと考える。その上で、パートナーがいるのがベストだし、それを心に留めているからとて、互いの愛情が薄いというものではない。

ある時、私の友人が都内でも「超」が幾つもつくような高級マンションに引っ越した。その新居に何人かで訪ねると、一人が、

「いいなァ……。私もこんなマンションに住まわせてくれる男を探そ！」

と言う。私たちはその新居にかなり長居《ながい》したのだが、彼女はその間に何度も、

「よし！　私もこんなマンションに住まわせてくれる男を探すわ」

と言うのである。

ついに別の一人が、

「あなた、こりない人だね。今までもそうやって男を探しては別れて、ひどいめに遭わされて、どん底見て、まだ『探す』って発想しかできないんだ。自分の力でこういうマンションに住もうって考えなさいよ。自分のトシを考えてよ」

と言った。私もそう思ったが、ここまで言われては気の毒で、黙っていた。

が、彼女は全然めげない。今も必死に、いい男を探していると電話があった。還暦を過ぎてなお、他人に幸せにしてもらおうという根性は偉い！　そして言った。

「超のつく高級老人ホームに入れてくれる男、絶対見つけてみせるわッ」

自分のトシに気づいて、方向転換したらしい。

オバサン特有の言動

ある夜、女友達数人と食事をした。するとA子が、妙にしみじみと言う。

「年齢的にオバサン化するのは止めようがないけど、体形的には少しは止められるわよね。でも、言動的にオバサン化することは百パーセント止められるのよ。私たちオバサンは、絶対に心しなきゃ」

するとB子が、

「そう思う。オバサン特有の言葉、態度、気をつけないと恐いよねえ。年齢や体形より、言動がオバサン化する方が嫌われるわ」

と断言。

我が意を得たりとばかり、A子が言った。

「実は私、続けざまに同じことがあって、うんざりさせられたのよ。オバサンって、先に自分が聞いていた他人の話のクライマックスを、自分が言うのよね」

私たちは最初、「他人の話のクライマックス」という意味がわからなかったのだが、説明されて全員が、

「いる、いる。そういうオバサン多いよねえ」

と大笑いして自戒。

たとえば、これは私が作った例だが、A子がパーティに出かける仕度をしている時に、宅配の人が来たとしよう。

A子はダイヤのイヤリングをつけながら、ドアを開けた。そのとたん、イヤリングが手から落ちた。が、どこに転がったのか、玄関内のどこにもない。宅配の人も一緒になってドアの外まで捜してくれたが見つからない。高価な上に、祖母の形見だ。

たとえば、この話をA子がB子に電話で語り、結末を言ったとする。

「何と、ダイヤは宅配の人の、ズボンの折り返しに入ってたの。彼が帰ろうとしてお辞儀したら、『何か光ってる』って」

その後、みんなで集った時に、A子がこの話をするとしよう。当然、みんなは身を乗り出し、

「で、本当になくなっちゃったの？　ウソー！」

「あのダイヤ、ン百万もするんでしょ。結局、出て来ないわけ？」

と聞くだろう。するとA子がいよいよクライマックスを語ろうとするより一瞬早く、電話で聞いていたB子が言うわけだ。

「宅配の人のズボンの折り返しに入ってたんだって」

言われてみると、こういう人はたくさんいる。そうか、これはオバサンの特徴か。すると今度はC子が言った。

「情感たっぷりの言葉を口先だけで転がして、死を悼んでみせたり、悲しみにうなだれてみせるのも、決まってオバサンよ」

C子の友人のオバサン二人は言ったそうだ。

「私、四川大地震のニュースを見るたびに、胸がつぶれるの。最愛の子供を失った母親を思うと、居ても立ってもいられなくて、怒りと悲しみで私自身が張り裂けそうよ……」

「私もあの人たちを思うと、夜中《よなか》に目がさめるの。テントもない中で耐えているんだもの。我がことのように悲しみとつらさが襲ってくるの……」

C子は辟易《へきえき》し、彼女らに言ったそうだ。

「今、各テレビ局で募金案内してるけど、したの？」

二人は全然しておらず、C子の言葉は聞こえぬふりをして、

「ああ、胸がつぶれるわ」

「悲しみが襲ってくるの」

と言い続けたそうな。これも若い人はやらないだろうと、私たちは一致。

するとと今度はD子が言った。

「私ね、『イケメン』って言葉を使う女は、オバサンだと思ってるんだけど、この間、恥ずかしくて顔から火が出たわ」

D子が義理のあるオバサン数人をすてきなレストランに招待した。D子は時々行く店だが、他の人たちは初めてだ。すると担当のウエイターは、先頃まで銀座の系列店にいた人だった。

D子が、

「あら、銀座にいた方《かた》？」

と言うと、彼は微笑んだ。

「はい、覚えていて下さいましたか。嬉しいです」

「覚えてたわ。とても気配りして下さったから」

すると、オバサンの一人が叫んだそうだ。

「ナーニを気取ってんのよッ。イケメンだから覚えてたんだってば！」

別のオバサンが、

「ホント、イケメンね。アンタ、いいオトコッ！」

と叫び、さらに一人が、

「やっぱり景色はいい方がいいってことッ！」

と大声で笑い、ウエイターは苦笑して立ち去ったそう。

D子は私たちに言った。

「次から、オバサンに義理を作ったら品物で返す。二度と会食はしない」

私はある時、女友達の買い物につきあった。彼女は年齢的にはオバサンだが、体形も言動も全然オバサンっぽくない人だ。

そして、彼女が望むままに、ヨーロッパの一流ブランド店を一緒に回った。ところが、彼女は各店で必ず「似てる」と言うのである。たとえば、シャネルの店で品物を手に言う。

「あら、エルメスに似てるわね」

エルメスで品物を手に、

「これ、フェラガモ的ね」

フェラガモで品物を手に、

「プラダに似てない？」

という具合。似ているわけがない。私はどの店でも本当に恥ずかしかった。が、ふと気づいたのだ。彼女はおそらく、多くの一流ブランドを知っているとアピールし、なめられないように構えているのではないか。

「似てる」という言葉は、「色々知っているから言えるのよ」と暗に示しているつもりだろう。だが、この時ばかりは、私は彼女に遠回しに注意した。彼女はかなりムッとしていたが、あんなオバサンくさいことをやってはまずい。

オバサンになるのは簡単だが、優美なオバサンになるのは難しい。自省させられた夕食会だった。

「どこよ、どれッ!?」

もう長いこと外国で暮らしている女友達が、休暇で久しぶりに日本に来た。

そこで昔からの友人たちが集まり、都内のレストランで食事をすることになった。当日、私と彼女はたまたま、レストランの入っているビルの玄関で一緒になった。すると彼女が、

「トイレに寄って行く」

と言う。ビル内のトイレはホテル並みにきれいで、私は広々とした化粧台で髪など直しながら、彼女を待っていた。その時だ。

「牧子さーんッ！」

と金切り声がした。驚いて振り向いたが、姿がない。

「牧子さーんッ！　ちょっと、牧子ーッ!!」

声が切羽つまってきた。声の方に走ると、トイレの個室の中から叫んでいる。私は慌ててドアの外から言った。

「どうしたのッ」

するると、個室の中から彼女が叫び返した。

「どこを押せば、水が流れるの？　どこよ、どれッ!?」

何だ、そんなことかと私はホッとして答えた。

「便座の向こうよ。壁に金属のボタンがあるでしょ」

「え……どこの壁？」

「だから、ドアを背にして正面の壁よ」

「……ないわよ」

「ないわけないわよ」

「ないってばッ！」

トイレに入って来た方々が、私の姿を見つけ、

「内館さんだ。朝青龍って本当に下品ですね。ロス巡業の態度見てたらゾッとしました。あの人をクビにできないんですか」

とか、

「時津風部屋以外にも、暴力があったようですが、横審はどうお考えですか」

とか訊《き》いてくる。が、そんなこみいった質問に答えられる状況ではないのだ。何しろ、ド

アの中からは、

「やっぱりないわよッ、ボタン。どこよッ！」

となおも必死な声が続いているのである。私は、

「じゃ、私が入って行くからドアを開けて」

「いやよッ。流してないもん」

「じゃ、便器のフタを閉めて。ならいいでしょ」

「うん。ドア、開ける」

と返事があったものの、開く気配がない。シーンとしている。私は心配し、

「どうしたの？　開けて」

と言うと、沈痛な声が返って来た。

「……フタが閉まらないの。どこ押すの？　どれ？」

私はやっとピンと来た。

「あなた、便器にくっついて立ってない？　離れたら、フタは自動で閉まるから。そうすると水も自動で流れるのよ。便器から離れて」

と言った。すると中から、

「あ、フタ閉まった。あ、水洗ボタンもあった」

と声がした。壁のボタンは自動水洗では足りない時に押すものとはいえ、便器のフタが開いていると陰に隠れて見えない位置にある。

個室からやっと出て来た彼女は疲れ果て、

「日本はどうかしてる。これを『便利』って言うわけ？　こんなことに知恵を使って、電力を使うの？」

と怒った。

まったく彼女の言う通りだ。とにかく、最近のトイレの水洗方法はわかりにくい。昔のように、コックを押すかヒモを引っ張るかすれば水が流れるというシロモノではないのだ。加えて「自動」もあるのだから、とまどって当然だ。

そのため、「水はここを押すと流れます」とか「ここを押すとフタが開きます」とか手書きの紙が貼ってあったりする。そんな注意書きを貼らねばわからないという道具は、「便利」とは言えない。単に「やりすぎ」と言うのである。

この元日、私は親戚の者を助手席に乗せ、東京の郊外を車で走っていた。日暮れた頃、親戚の者が、

「トイレに行きたいわ」

と言う。あいにく元日で商店街も喫茶店も閉まっていたが、学校のビルがあり、守衛さん

の姿が見えた。

私は車を停め、名刺を守衛さんに渡し、

「あやしい者ではありませんので、トイレをお借りできませんか」

とお願いした。守衛さんは二人いたのだが、快く貸してくれた。

親戚の者は個室に入り、私は彼女のバッグを持って洗面台のところに立っていた。すると突然、けたたましく非常ベルが鳴り響き、出入り口の真っ赤な非常ランプが点滅し始めた。

私はあやしい者が侵入してきたのかと驚くと、個室のドアを半分開けて、親戚の者が呑気に言った。

「ねえ、ボタン押しても水が出ないのよ。何で？」

私は反射的に叫んでいた。

「非常ベル押したわね!?」

「え？　そう？　だって、ボタンは一個しかないもの。普通、それ押すでしょ」

彼女はドアから顔だけ出し、のどかに言う。その間も非常ベルと非常ランプが連動して、ピーピーピカピカとけたたましい。私は、

「あとで私が流すから、外に出てッ。守衛さんに謝って来るッ」

と走り出した。さんざん「あやしい者ではない」と言っておきながら、こんなにあやしい

者もあったものではない。ちょうど二人の守衛さんはトイレに駈けつけるところだった。そして言った。

「学生の中にも間違える者がよくいるんです。ドアの内側に『自動水洗です』という貼り紙をして、非常ベルの横にも赤い字で注意書きをしてるんですけど、気づかないんですよね。最近のトイレ、わかりにくくて困ったもんですワ」

優しくそう言ってくれたが、とっぷりと暮れた元日の夕刻、無人の学校に非常ベルが鳴り響いた時、私は本当に肝《きも》をつぶした。

水洗トイレはもう、これ以上便利にならなくていい。知恵と電力は別のところに役立てて欲しい。

教育委員ってどんな人？

六月六日の「東京新聞」夕刊に、

「都教育委員ってどんな人？」

というコラムがあった。ペンネーム「かしらあ右」という方が書いておられるが、記者さんだろうか。ペンネームは、「頭《かしら》ァ、右ッ!!」という号令から取ったものかと思われる。

私はこのコラムをとても興味深く読んだのだが、内容は「東京都の教育委員は素人集団であり、こんな人たちに教育を任せていいのか」というものだ。

コラムは、東京都教育委員会が職員会議で教職員の挙手や採決を禁じたことを例に、

「そもそも都教委はどんなメンバーなのか」

と、六人の委員のプロフィールを紹介している。元東工大学長で土木工学が専門の木村孟委員長、伊藤忠商事の常務や栗田工業会長を歴任した財界人の高坂節三委員、警察官僚出身で元都副知事の竹花豊委員、元マラソンランナーで日本陸連理事の瀬古利彦委員、都の前危

機管理監の中村正彦教育長。そして脚本家で横綱審議委員の内館と、六人の経歴を紹介。コラムは次のように続く。

「なんと、教育学の専門家は一人もいない。たしかに木村委員長は元大学学長で中教審副会長もつとめたし、内館氏は東北大相撲部の監督でもある。だが教育の現場を知っていることや人生経験があることと、教育学の見識があることとは違う。

挙手・採決禁止の通知は、校長の力を強化する狙いから出されている。だがそれが、教育をよくするかどうかはわからない。素人集団に教育を任せていいのか。

（かしらあ右）」

と結ばれている。

こういう考え方は当然あるだろう。だが、東京都に限らず、全国の教育委員会は、敢えて教育の専門家でない人を選んで構成しているのである。このシステムは「レイマンコントロール」と呼ばれるものだ。「layman」を英和辞典で引くと、「素人」とか「門外漢」という訳語が出ているが、専門家だけの判断に流れないように、コントロールを目論《もくろ》んでいるシステムだ。委員は、地方教育行政の組織及び運営に関する法律第四条によって選出され、議会の同意を得て任命される。「かしらあ右」さんの文章に、

「なんと、教育学の専門家は一人もいない」

とあるが、もともと一人もいないように人選されているわけである。

教職員の挙手や採決を禁じる件や、また教育委員会不要論など、現在多くの問題があるが、それらに関しては多種多様の考え方があり、明確に正誤をつけられるものでもない。ただ「かしらあ右」さんのコラムの誤りだけは明確にしておきたい。

おそらく、「かしらあ右」さんは、教育委員会がレイマンコントロールのシステムを採っていることをご存じないまま、コラムを書かれたのだろう。というのも、その論旨はレイマンコントロールの否定である。もしもご存じであるなら、例えば、「門外漢を集めるレイマンコントロールを採用していることは承知の上だが、素人集団に教育を任せていいのか」

というように、承知を前提に、システムそのものを否定する文章を書かれるはずだ。「なんと、教育学の専門家は一人もいない」という書き方はなさるまい。

大新聞にコラムを書かれる方であってもご存じないと推測されるのだから、一般の方々はもっとご存じなくて当然だが、教育委員会はそういうシステムなのである。今後はわからないが、現在はそうである。

敢えて素人集団で組織する委員会や制度は少なくないが、来年から始まる裁判員制度もそうだろう。横綱審議委員会も「なんと、力士出身者は一人もいない」のである。

「地方教育行政部会（第3回）」における意見がネットで公開されているが、そこには「レイマンコントロールについて」として、

○レイマンコントロールには緊張感を持たせるという役割がある。

○レイマンは素人でなく、一般常識人ととらえるべき。一般常識人たる国民の代表が、教育について意見を言う機会を大事にしないと、特定の人間だけで教育が動いてしまう。

などと役割を肯定しているものもあるし、また、

○事務局が実質的な権限を持つと、レイマンコントロールの意義が失われる。教育委員と事務局間の実質的権限のバランスをどうとるか、制度上不明確である。

という問題も載っている。「事務局」とは都や県などの教育庁で、東京都の場合、指導部や地域教育支援部など六部、七百十三人が携わる（平成二十年度）。また、文部科学省のHPには、

○形式的なレイマンコントロールによって、イデオロギーのブレを防ぐというのは時代錯誤。という意見など、否定的な考えがあるのも、また事実。今後、教育委員会不要論と共に、制度のあり方としてレイマンコントロールについても議論が闘わされていくだろうと思う。

現在の東京都教育委員会においては、各委員の立場や経歴ならではの意見が活発に出されているように思う。財界人やトップアスリートや、また海外生活が長かった学者や、中高生

の子供を持つ委員や、任期を終えた委員たちを思い起こしても、「教育学の見識があることとは違う」という懸念よりも、教育学とは別の見識がプラスに出ていることを多々感じる。

あの仕事の年収

テレビ朝日系で、日曜の十八時五十六分から放送されている「大胆ＭＡＰ」というバラエティ番組がある。

色々なテーマを扱っているのだが、このところずっと「年収」を追っており、これが面白い。サッカー選手や医師や菓子職人や、また消防士やパイロットや看護師や、ともかく色んなジャンルのプロが登場して仕事を語る。そして、自分の年収を公開する。

見ていると、いやでも「労働と賃金」について考えざるを得ない。

六月一日の放送では、人気芸人さんたちが、高層ビルの窓拭き業者やスタントウーマンなど危険な職種のプロに、マンツーマンで仕事を習う。そして、実際にその仕事をやってみる。

窓拭き業者はロープ一本で体をくくり、地上から五十メートルの高さの窓を拭く。自在に体を動かし、あっという間にピカピカに拭きあげる。それに挑戦したのは、よゐこの濱口優さん。目がくらみ、足がすくみ、拭くどころではない。そよと風が吹くだけで恐怖のあまり絶叫。そんな中、スイスイと拭いていくプロの姿には、職人芸を感じる。その年収は四百万。これは、窓拭き業者のすべてが年収四百万ということではなく、番組に登場してくれた人の額だ。他の職種に関しても、すべてそうである。だが、各仕事の対価として、ひとつの目安になるだろう。なお、番組に登場した窓拭き業者の場合、危険手当はないそうだ。

また、タカアンドトシはスタントウーマンのもと、初歩のスタントに挑む。地上十メートルの屋上から「マットの上に飛び降りよ」と命ぜられるが、できるものではない。が、スタントウーマンは軽々とこなし、かつ、走ってくる車のボンネットに飛び乗って振り落とされることまでやる。年収は二百万。彼女は微笑んだ。

「好きな仕事なので、十分満足してます」

そして六月八日の放送では、親として「子供に就かせたい仕事ベスト20の年収」を公開していた。プロ野球選手、芸能人、宇宙飛行士、薬剤師、ピアニスト、寿司職人等々の人気職種の年収が次々に明らかにされていく。これも番組に登場した人の額である。

たとえば看護師。一日中ぎっしりの激務に加え、ナースコールで駆けずり回る。年収は四百四十万。その看護師さんは、

「いっぱいもらってます」

とニッコリした。

また、病院の救急救命医は生死のカギを握る仕事だ。常に迅速な蘇生処置と、適切な初期治療が要求され、気が抜けない。まして救急患者はいつ運びこまれるかわからず、多い時は日に二十件もあるという。その年収は九百万。疲労の色を浮かべた女医は、

「自分が必要とされていると感じれば、つらくてもまたやる気がわいてくる」

と答えている。

そして、沖縄から三百五十キロ離れた南大東島には、医師が一人しかいない。人口千二百人を一人で診る。患者は昼夜を問わず、自宅にも来る。離島の医師は、いわば二十四時間勤務だ。その年収は八百万。彼は、

「もらいすぎかな。だから島の人の力になれればと思います」

とつぶやく。

私は窓拭きをはじめ、これらの仕事を見ながら、賃金というものは何を評価し、どこを認めて額が決まるのかと考えていた。

多くの要素があろうが、ひとつには、窓拭き、医師、ピアニスト、薬剤師、スタントマン、弁護士等々、国家資格あるいは卓越した技術、技能に対する評価だろう。

もうひとつは危険な仕事、人命に関わる仕事、勤務時間があってないような仕事というのも、賃金を決める上で加味されるのが妥当だろう。もちろん、個々人の能力や資質も影響し

よう。

私がここで取りあげたのは、ほんの一例だが、その年収を高いと見るか、低いと見るかは人それぞれだ。

ただ、私は「精神論に片寄りすぎてはいけない」と思っている。たとえば、

「仕事はカネばかりじゃない。やり甲斐や夢や、他人から必要とされる喜びや、そういうものも大切だ。何もかもをカネに換算するという姿勢は、違う」

という考え方は、まったく正しい。私も同意する。

だが、だからといって、やり甲斐や夢や喜びや、個々人の情や意気に頼って、賃金で評価することを渋るというのは違う。賃金で評価されなければ、夢もやり甲斐も疲弊《ひへい》するということが、現実にあろうと思う。

私は一九九六年に、三菱重工業の元社長で当時は相談役だった飯田庸太郎さんと『ＴＨＩＳ　ＩＳ　読売』という雑誌で対談したことがある。その時、私は詰め寄っていた。

「（飯田さんのおっしゃることは）どれもこれも、末端の社員が担うことで、言ってしまえば精神論です。私が在籍していた当時は、血や涙を意気に感ずる社員たちも多かったですが、今はもう、それではついて来ない。理不尽なものを末端に担わせる以上、快適な暮らしを見返りとして与えることは、当然、トップの義務です。私がいた当時は、そこまでの快適な見

返りはなかったと思います。血や涙にたよっていた」

もう十二年も昔の対談であり、日本社会も変わったとはいえ、現在も派遣社員やアルバイト、パートなどを安く使う問題や、過労死やサービス残業や、理不尽な問題が連日マスコミで取りあげられている。

賃金に換算できない夢や志は、人間誰しも持っているが、それに過剰に甘えるのは間違っている。

檸檬色のガラスペン

私はワープロやパソコンを使ったことがなく、原稿は脚本もエッセイも作詞もすべて手書きである。オリジナルの原稿用紙はショッキングピンクの罫で、6Bの鉛筆uniで書く。手紙は万年筆で書く。ハガキは出先で書く場合は水性ボールペンだが、家で書く時は実はガラスペンなのである。インク壺にガラスペンの先を浸し、書く。

今や世の流れは、原稿はパソコンで書くし、手紙はメールであろう。私はメールもいっさいやらない。

手書き原稿とメール不可だけでも「ヘンな人」と思われそうな今、ガラスペンを日常的に愛用していると言っては、古代人扱いされそうで、今、ここに書くまで言ったことはなかった。

ところがだ。後でゆっくり読もうと積んでおいた雑誌を順に開いていると、そこにJALの機内誌『SKYWARD』の四月号があった。そして、ガラスペンの特集を組んでいるではないか。それは「和のブランド」という連載で、四月号ではガラスペンを取りあげていたのだ。

その冒頭には、次の文章があった。

「透明なペン先をインク壺に浸す。繊細な筆記用具ガラスペンで書く文字は、不思議と丁寧なものとなる——。工芸品のような美しさも相まって、東京の下町台東区入谷でつくられているガラスペンが人気をよんでいる」

そうか、人気をよんでいるのか。私なんて一九九三年から愛用してるのよ！　古代人どころか、トレンドの先取りじゃないの！　まったく、今頃になってやっと良さに気づいたり、パソコンの文字では味気ないと思ったりするんだから。

私は『ＳＫＹＷＡＲＤ』を読み、みんなに「ガラスペンを愛用してますの。インク壺ですの」と誇りたくなったわけだ。

同誌によると、風鈴職人の佐々木定次郎さんが、一九〇二年（明治三十五年）にガラスのペン先を開発したのが発端だという。そして「Ｇペン」と呼ばれたつけペンと共に愛用されたそうだが、時代の流れにより文具が進化。インクメーカーは需要の減った瓶入りインクの製造をやめた。そうなると当然、Ｇペンもガラスのペン先も使いようがない。ペン先製造業者は廃業に追いこまれていった。

そんな中で、入谷の佐瀬工業所の佐瀬勇さんも、材料のガラス在庫を使い切ったら廃業するつもりだったという。しかし、ペン先はわずか三センチであり、在庫のガラスがなかなか減らない。これでは廃業もいつになるやら……どうしようか……と悩んでいた時、佐瀬さんはペン先から軸まですべてをガラスで作ることを思いついた。ガラスのつけペンではなく、一体型のガラスペンだ。

平成元年にそれが完成して雑誌で紹介されるや、注目を集めて注文が相次いだという。人気に目をつけたインクメーカーも、再び瓶入りのインクを生産し始めたというのだから、商売というのはシビアなものだ。

同誌によると、佐瀬さんのガラスペンは海外でも人気で、ニューヨークの高級レストランがオープンした当時、クレジットカードで支払う際のサイン用筆記具に使われたという。

しかし、いくら人気が出て、注文がふえても、佐瀬さんのガラスペンは一日に十本しか作れないそうだ。ガラス棒を石油バーナーで熱し、八本の溝を持つペン先を作ったり、ペン軸に波紋のような模様を入れたりするのは、佐瀬さんご本人しかできないと、同誌では書く。

私はふと気になって、自分のガラスペンのケースを開いてみた。すると、小さく「I・S」と金文字がある。もしかして「佐瀬勇」の頭文字ではないかしら。なら、日に十本の一本よ！

私は古代人どころか、注文してから三か月以上も待たされる人気のガラスペンを、そう、ニューヨークのセレブも使うガラスペンを、もう十五年も前からマークしていたのよ！……と誇りたいところだが、これは頂き物なのである。

一九九三年に、私が第一回橋田壽賀子賞を受賞した時、祝賀パーティの会場で、堀越学園付属のほりこし幼稚園の堀越すみこ園長が、

「これからもしっかりね」

とおっしゃって、細長い小箱を下さった。家で開けると、檸檬《れもん》色の清楚《せいそ》なガラスペンが入っていたのである。

堀越園長からプレゼントを頂くことも、それがガラスペンであることも、私には思いもかけぬことであった。当時、私は万年筆一辺倒で、ガラスペンなるものがあることさえ知らなかったのだから、実は誇れないのである。

ところが、これが信じられないほど書きやすい。何より驚くのは、ペン先に一度インクをつけると、二百字ほども書けることだ。ペン先は朝顔の花の蕾《つぼみ》型をしており、八本の溝がある。そこについたインクだけで二百字も書けるのは驚きだ。そして、万年筆や他のペンは、使い続けるうちにペン先が太くなったり、筆圧によってはインクがボタッと落ちたりするが、それがない。また、十五年も使いこんでいるのに、ガラスのペン先は硬く細いままだ。

夏の夜、涼し気な絵ハガキにガラスペンを走らせるのは、キイボードを叩く効率とは別の風情がある。いいものである。

実は今、この原稿を書くために私のガラスペンを手にした瞬間、コロンと転がって静かに壊れた。今まで十五年間も、転がっても壊れずに働き続けてきたのにだ。ガックリ来た。だがきっと、期せずしてここに書かれて、引退の花道だと思ったに違いない。それも風鈴の季節の今こそ。

同期会に出ない人たち

中学と高校の同期会が、いつもオリンピックの年に行われており、今年も続けざまに開かれた。

よく「年を取るとクラス会や同期会が開かれるようになる」と言われるが、高校は三十代半ばから始まり、中学は四十代だっただろうか。いずれもまだ社会的に現役の立場にありながら、幹事を引き受けてくれた数名がいればこそだ。

私はよほどのことがない限り、中学も高校も同期会には出席する。十三歳から十八歳までの時期を、一緒に過ごしたスクールメートと会うのは嬉しいし、楽しい。そりゃあ、あの頃、大恥もかきまくっているし、告白して振られたオトコもいるし、妙に記憶力のいい級友が忘れていたことを暴《あば》くし、恥の二次被害もある。

だが年月とはさすがで、年齢と共に何もかもが「遠い昔」の話になる。

同期会の会場でも、

「アタシ、アナタが好きだったのよ。知ってた？」

「えーッ！　俺も君のこと可愛いって思ってたのに」

「何で言ってくれないのよッ！　遅いのよッ」

などと大声で言っては笑いあっている。

確かに四十代半ばまではもう少しナマナマしいムードもあったように思う。下手したら再び恋に落ちそうな、二人でスッと会場を抜け出しそうな、そんなナマナマしさもないとは言えなかった。実際、実行した人たちもいたかもしれない。

が、年々歳々、男も女もよく言えば円熟味を加えてくる。社会で色々と疲れることがあるのだから、同期会でまでナマナマしく疲れたくない。飲みながら、グダーと昔の恥をさらし合うのが一番安らぐよなァとなる。

同期会では肩書も職業も一切関係ない。現在、どんなに社会的地位があろうと、お金があろうと、十三歳のままに「勉強のできない××チャン」であり、十七歳のままに「全然もてない○○クン」である。

あの場で肩書だの職業だのをハナにかけるほど野暮はない。周囲はむろん「すげえ！」「さすがァ」などとは言うが、それ以上の関心も賞讃もないため、不快になるのだろうか。

そういう輩は次から来なくなる。

ある時、中学でも高校でも同期会のたびに、決まった会話がかわされることに気づいた。

「A子は来てないの？」

「B男、今回も欠席？」

「Cと会いたかったのに、何で全然来ねんだ？」

という類だ。

もちろん、欠席の理由は数々ある。消息不明者には通知の出しようもないし、海外居住者も出席は難しい。地方居住者は会費に加え、旅費や宿泊費もバカにはならない。また、仕事や先約が動かせなかったり、病気療養中の人もいる。介護や看護の人も増えてきた。

だが、そういう理由とは別に、頑として出ない、出たくないという人たちもいるようなのだ。

たとえば一度も来ないA子とつきあいのあるP子が、

「家まで行って誘ったんだけど、『昔を振り返って後ろ向きになるのは嫌い』って」

と言う。同期会に出席することと、後ろ向きになることは別だと思うが、誰もが反論せず、

「そうだよね。無理することないよね」

とサッと引く。年月というか円熟というか。ただ、「昔の集まりは趣味じゃない」という理由はわかる。

「B男は仕事で大成功してるけど、もう通知いらねえってよ。会いたいヤツもいねえしって」

と聞いた時も、みんなサッと引き、

「通知だけは出した方がいいよ。会いたい人が出てくるかもしれないし」

となった。年月というか円くなったというか、悪くない。

私が感じるのは、中学や高校時代に派手で目立って、勉強やスポーツや容姿などでトップランクにいた生徒は、どうも出席に過剰な決心がいるのではないかということだ。私の推測だが、彼ら彼女らにとって、当時のイメージと現在のギャップは他者が考えているより大きいのかもしれない。

私たちの年齢になれば、シワとハゲとメタボとシラガの四重苦は当然。十三歳から十八歳までがいくら王子様でもマドンナでも、容色は日々衰え、シワの中にやっと目があったりするのである。ハッキリ言って、今や先生と生徒の差がない。先生の方が若く見える場合も少なくないのだ。

また、かつては勉強ができて、「将来は大物だ」と言われた生徒たちにせよ、年齢と共にリストラされたり、役職を失ったりするのは当然。世代は交代するものであり、同年齢の私たちは全員同じに定年目前なのだ。

だが、王子様やマドンナはかつて、私たちのような雑魚ではなかった。もっと高みに立っていた。そうであるだけに、私たちと同じになった姿を見せることに抵抗があるのかもしれない。シワやハゲやメタボは絶対にさらしたくなく、「大物」に成り得ず雑魚と同じゴールの自分は、悲しいのかもしれない。

ただ、ここにもキャラクターは関係しており、かつてはトップランクの秀才が、

「とっくに閑職で、出世もなかった。だけどオヤジバンド組んで、面白いよ」

と快活だったり、かつては美貌のマドンナが、

「離婚、失業、子育てで、もう一杯一杯だったわよ。昔の私と顔変わったのは当然よォ。苦労したもん」

とアッケラカンと笑ったりする。

だが、私は断固として同期会には出ない元王子様、元マドンナは嫌いじゃない。年月や円熟味がすべてを「遠い日」にしつつある年齢において、いまだに過去の栄光にこだわる心に、生きる力の強さを感じるのだ。

他人の趣味

ある日、「ゆりかもめ」に乗っていると、五十代かと思われる女の人が、

「内館さんですよね？」

と言う。私は身構えた。というのも、呼びかけられた後に続く言葉は、ほとんどの場合、

「朝青龍を放任しておくんですか？」

「北の湖理事長についてどうお考えなんですか？」

「日本人横綱はもう出ないんでしょうか？」

の三つのうちどれかなのである。もうハンでおしたようにこの三つのどれかである。こんな難しい話を見知らぬ人と立ち話できるわけがない。私は毎回、

「ねえ、どうなんでしょうね」

と笑顔で言う。この言葉はどんな質問にも対応できて便利だし、相手はほとんどの場合、それ以上はつっこまない。

それが礼儀だと思っていることもあろうが、多くは大相撲に関心も興味もないのだと思う。ただ、私の顔を見ると反射的に、何か相撲のことを話しかけてしまうのだろう。梅干しを見ると反射的にツバが出るというのと同じだ。

が、その「ゆりかもめ」の女の人は、思わぬことを言った。

「林真理子さんと親しいそうですが、二人の趣味や関心は全然違うと思うんですけど、どうなんですか？」

イヤァ……困った。これこそ、こんな難しいことを電車内で答えられるわけがない。私はつい反射的に、

「ねえ、どうなんでしょうね」

と答えていた。

私が林さんと親しいのは本当である。が、二人の趣味と関心がまったく違うというのも本当だ。

林さんはオペラや歌舞伎やクラシック音楽に造詣が深く、日舞の名取だし、声楽やフランス料理も習い、上手だ。女性誌に連載している通り、ダイエットや美に関する知識と実践は、時にアドバイザーや評論家より説得力がある。

ところが私は、これらにあまり関心がない。私はとにかく大相撲、プロレス、プロボクシ

ングの観戦がすべてに優先する。林さんはよくコンサートやお芝居に誘ってくれたが、そっちに時間を使うと、相撲やボクシングの時間が削られる。

そしてある日、林さんの自宅の新築披露パーティがあり、私もお誘いを受けた。ところがその日、プロレスの三冠戦という大切な大試合があり、すでにチケットも買っていた。だが、仲よしの友人の晴れやかな祝いの席を欠席していいものか。いいわけがない。それなら、この三冠戦を見なくていいのか。いいわけがない。

私は悩んだあげく、プロレスを選んだ。そして、林さんに正直に言った。すると彼女はすごく自然に、

「そっちに行くのは当然よ。私だって大好きなオペラと重なったら、そっちに行くわ。うちには日を改めて遊びに来て」

と言うではないか。思いやりをサラリとこんな言葉にする林真理子に、私は惚れ直したのである。

するとその翌日、講談社の編集者のサトルから電話がかかってきた。

「昨日、俺が林さんちのパーティに行こうとして、九段をタクシーで走ってたら、内館さんが見えたんだよ。プロレスに行く男たちが武道館の方に走ってて、その中に内館さんもいて走ってるもんなァ。林さんち行かずにプロレス行っていいのかよと思って、俺、焦ったけど、

ま、俺の結婚式も欠席する人だもんな」

そう、私が大相撲の砂かぶり席を初めて頂いた日が、よりによってサトルの結婚式だったのだ。彼は長年にわたり、私を担当してくれた編集者だ。見ためはいい加減だが、実は優秀で、どれほど助けられたか。そんな彼にやっと嫁が来てくれるというのに、結婚式を欠席していいのか。いいわけがない。だが、砂かぶりだぞ。一番前の土俵下だぞ。力士の息づかいまで聞こえる席だぞ。無駄にしていいのか。いいわけがない。

私は悩んだあげくに、大相撲を選んだ。正直にサトルに言ったのだが、彼はあれから十五年もたつのに、「砂かぶりのために、俺の結婚式を欠席した女」を酒の肴にしている。これはこれでサバサバした男気で、サトルに惚れ直した。

考えてみると、私は友達を失う欠礼を繰り返しているのに、失わずにすんでいる。これはひとえに、相手の思いやりによる。もしも、

「私より趣味優先なのね」

と怒るタイプならば、とっくに私は切られていただろう。それ以前に、そういうタイプには、

「急な仕事が入ったの」

などと嘘をつき、それがバレてかえって禍根を残したりする。

自分も趣味に使う時間が大切なら、相手にもそれを許すべきだと、私は林さんに学んだ。もっとも、予約が取れないレストランを何か月も前からやっと取り、男友達とディナーの約束をしていたところ、

「ごめん。行きつけのラーメン屋の閉店パーティと重なっちゃって。行けなくなった」

と言われた時は、思いやりを示すのに苦労した。予約の取れないレストランより、ラーメンか？　だが、彼は「ラーメン店巡り」が趣味なのだ。私は必死に、

「私だって、プロレスと重なったらそっちに行くわ。レストランはまた日を改めて行こ」

と林さんをまねたが、彼は別に惚れ直してくれた気配はなかった。

私は「ゆりかもめ」の中でこれらのことを思い出したのだが、実はその日も、女友達の個展レセプションを欠席し、ＷＢＡ世界ライト級タイトルマッチを見に行く途中だった。

クロネコとペリカン

真夏日の午後、女友達から電話がかかってきた。

「すっごくおいしいアイスケーキを、今送ったから食べて。ヤマトのクール便で、明日届くから」

猛暑の中、何とありがたいことかとお礼を言う私に彼女は弾んだ声をあげた。

「ねえ、ヤマトのドライバーの男の子って何であんなにみんなイケメンなんだろ。うちなんか担当が替わっても替わっても、若くてイケメンばっかり来るのよ。それでみんな感じがいいし、何であんな子ばっかり集められるのか不思議」

この「不思議」は、他の友人知人の間でも時に話題になっており、女友達の一人なんぞは大真面目に、

「うちに来る子、ステキな上に性格もよくて、私、飲みに誘いたいのよ。どう思う？　誘ってもいいよね」

とアブナイ人妻全開。私たちに、

「絶対にダメ！　クロネコとは荷物の受け渡しだけにしときなさい」

と厳命されるしまつ。

確かに、私のところに来るドライバーも、全員が感じがよくて美しい青年たちだ。もっとも、うちの地域は佐川急便のドライバーも若くて紳士的な美青年が多い。その一方、日通のペリカン便のドライバーは、豪快で陽気な中年が多く、先日もうちの玄関で、

「ホント、あちこちでクロネコはイケメンでペリカンはオヤジねとか言われるんですよ。でもそこはそれ、業界のすみ分けってヤツで。ガッハハ」

と笑い飛ばしていた。なるほど「業界のすみ分け」か。さすがにチョイ不良《ワル》ペリカン、うまいことを言う。若きイケメンクロネコでは思いつかないセリフだ。

そして翌日、アイスケーキが届いた。イケメンクロネコから手渡された包みを見て、私は思わず笑い出した。彼女の荷作りの雑なことといったらない。

アイスケーキはしっかりした四角い紙箱に冷凍で入っており、店のきれいな紙で包装されている。彼女はその上をクッション用のビニールでグルグル巻きにし、ガムテープでグチャグチャにとめた。ほとんどスイカを梱包したように丸い。それを大きな紙袋に突っ込み、またもガムテープでガチャガチャ巻き。そこに「天地無用」だのと書くのだから、すごい。ど

っちが天でどっちが地か判別不能な荷作りなのだ。だが、イケメンクロネコは、きちんと天地を判別し、きれいな状態で運んでくれた。

私はこのすごい荷作りを解きながら、日本人の暮らしを本当に楽にしてくれたのは電化製品ばかりではなく、宅配便もどれほど大きいかと思っていた。

私が子供の頃、父はよく「チッキ」という荷物を作り、駅に持参していた。たとえば秋田の祖父母の家に行く時、前もって手荷物を送るとする。その際はきちんと梱包し、荷札をつけ、駅に持って行くのである。そして、乗車券を見せて旅行を証明していた。私はよくついて行ったので、その記憶がある。

旅行とは関係なく何かを送る時も、荷札や荷作り用の麻ヒモなどできちんと梱包しないと、受理してもらえなかった。それに集荷に来てくれることはなかったように思う。郵便局や運送業者のところまで、持って行っていたはずだ。これは私が大きくなってからもそうだったと思う。おそらく、ヤマトが「宅急便」を始めるまでは、ずっとそうだったのではないか。そして、「駅留め」というのがかなり当たり前で、自宅まで配達せずに、受けとる側が駅に取りに行った。

それが今では、びん物などは必要最低限の梱包は当然だが、他はかなり雑でも届けてくれる。知人の息子なんぞはゴミ用のビニール袋に汚れた衣類を詰め込み、ガムテープで巻いて、母親に「洗たく物」として送ってくるそうだ。

加えて、今は集荷にも来てくれる。冷凍便、冷蔵便もある。ゴルフバッグもスキーも送れる。ホテルからでも店先からでも、全国各地に送れる。翌日か翌々日には届く。もはや当たり前すぎて何とも思わずにいるが、改めて考えてみると何と有り難いことだろう。

その上、イケメンクロネコを飲みに誘おうなんぞ、言語道断。チッキ時代を思えばバチが当たるというものだ。

私の弟は日通に勤務しているのだが、通算二十年も中国にいる。ある時、出張で日本に来て、私に電話があった。

「会社の女子社員がお前のファンだっていうから、本社の俺宛に何か本を送ってよ。手渡すから」

私は若い女の子たちが喜びそうな本を何冊か選び、サインを入れた。そしてよくできた姉っぽく、「いつも弟がお世話をおかけします」などと手紙を添え、日通本社に送った。

すると翌日、弟から電話が来て、言う。

「もう、泣けたよ」

そうか、姉の心遣いに泣けたのねと思っていると、

「お前、日通本社にクロネコで送るなよ」

だと。私のファンだという女子社員たちが、荷を見て困惑し、弟の席に来て小声で言ったそうだ。

「お姉さんから荷物が届いてますが、内館さんのお席に置いて目立つとまずいと思い、ロッカーに隠してあります……」

私は感動し、弟に言った。

「イヤァ、日通の女子社員ってできるわねえ。すごいわ。気がきくわねえ」

「お前が気がきかなすぎるんだよッ」

と嘆かれたが、クロネコのトラックが日通本社前に停まり、イケメンクロネコがペリカン本丸の廊下を走っている図は、想像するたびに笑える。

屋根の上の野良猫

八月のある土曜日の朝、私はハガキを出すために、自宅マンションのエントランスを出た。ポストは五十メートルも離れていないところにある。

都心のビジネス街の一画であり、土曜日や休日は人通りもほとんどない。その時、突然、猫の鳴き声がした。かなり激しい。このあたりは野良猫が多く、嫌いな人には申し訳ないが、結構可愛い猫がいる。私は猫の中でもとりわけ野良猫が好きなので、声の方を目で探したのだが姿はない。

ポストにハガキを入れてUターンすると、鳴き声はさらに大きく、何だか切羽詰まった感じさえする。立ち止まって探すと、料理屋の庇《ひさし》に乗り、必死に鳴いている黒猫がいた。

この黒猫は、このあたりを本拠地にしており、いつも白猫と茶猫と三匹で行動している。寝るのも近くの駐車場の車の下で、三匹がくっついて眠っている。三匹ともご近所の人が、自費で去勢と避妊手術を施している。ボランティアの人もいて、私も何度か会っている。嫌いな人には申し訳ないが、三匹ともいい子で、私は見かけるたびに言葉をかける。前夜も、「猫嫌いの住人から通達が回ったのよ。うちのマンションの敷地内でエサや水をやるなって。円滑な共同生活を維持するために迷惑防止に協力せよって」

と声をかけたところ、三匹はちょっとうつむいて、小さく「ニャア」と鳴いた。

が、今朝の黒猫の鳴き声は半端ではない。こんなに鳴いては、マンションの敷地内ではなくても、また通達が回る。

が、お構いなしに私を見ては鳴き、時々、上空に向かって鳴き、また私を見て鳴く。よほど空腹なのだろうと思った。休日は人口が減る街なので、エサももらえないのだろう。私は庇の上の黒猫に言った。

「いつもエサもらってる場所で待ってなさい。何か食べるもの、あげるから」

私が歩き出すと、黒猫は先導するように前を歩き出した。私がマンションのエントランスに入ろうとすると、行くなというように激しく鳴く。私は、

「ここは敷地内だから、入っちゃダメ。また通達が回るよ」

と言い残し、すぐに煮干しとカツオ節を持って戻った。ところが、黒猫は見向きもしない。何か言いたいことがあるのか、私に向かって鳴き続ける。

すると、マンションの中から若い女の人が走り出てきた。今まで会ったことのない人だが、

黒猫に話しかけている私を見て、猫好きだと思ったのか言った。

「屋根に猫が乗ってしまって、下りられないんです」

うちのマンションは、エントランス部分の屋根が、外に大きくせり出している。ちょうど二階分の高さにあたる。彼女に言われて屋根を見上げると茶猫と白猫が顔を出し、下を見ている。

私は黒猫の訴えにやっと気づいた。仲よし二匹の救出を、懸命に訴えていたのだ。時々、上空を見て鳴いたのは、「あの屋根の上なんだよ」という訴えだろう。また珍しく庇に登っていたのは、自分も高い所に乗って様子を見たかったのか。

彼女は心配そうに言った。

「私、向かいのマンションに住んでる者で、たまたま見たんです。初めは茶色い猫が一匹乗って、下りられなくなったの。そしたら白い猫が助けに行って、自分も下りられなくなったんです。私、居ても立ってもいられなくて、こちらのマンションの管理人さんにお願いして、今、ハシゴをかけて助けて頂くんです」

間もなく、管理人さんがハシゴをかけ、屋根に登った。

だが相手は野良猫。捕まらない。居ても立ってもいられないのか、彼女も登った。私はハシゴをおさえる。すると、通りかかった男の人が、私から事情を聞くと上着を脱いだ。黒猫はじっとこの光景を見つめ、煮干しにもカツオ節にもまったく手をつけない。

私は上着を脱いだ彼に、

「煮干しで引き寄せたらどうでしょう」

と言った瞬間、白猫が地上に決死のジャンプ。続いて茶猫が飛ぶ。人間に捕まるくらいなら決死のジャンプの方がマシと思ったにせよ、足を引きずることもなく、走り去った。

彼女は管理人さんと通りすがりの彼に丁寧に礼を述べた。

私は管理人さんに、

「猫嫌いの住人にしても、屋根の上で二匹も死んだらもっと困る。これでいいのだ」

と、天才バカボンのパパのようなセリフを言った。もしも、野良猫の救出は管理人の仕事ではないと通達が回ったら、このセリフを返せばいいのだ。

ふと気づくと、黒猫の姿も消えていた。

それればかりか、煮干しもカツオ節もきれいに消えていた。これほど人に心配をかけ、世話をかけながら、「ニャア」の一言もなく、安心したら食べるだけ食べて消える猫気質。つくづく好きだわァ。

それにしても、黒猫によって、私は猫のかしこさと仲間への情に驚かされた。こうやって懸命に生きているだけに、何とか地域で人々と共生できる手だてはないものかと思う。

もっとも、八月六日の毎日新聞によると、去勢や避妊した猫であっても、地域の理解や協力は得にくいという。だが、新宿区や千代田区では地域の苦情や殺処分を激減させた実績がある。

同紙では、二〇〇六年に殺処分された二十三万匹近くの猫の多くは生後間もない子猫であることから、去勢と避妊の手術が猫にまつわる問題解決の「決め手」だとしている。

とは言え、「嫌い」という人の感情だけはどうにもなるまいしなァ。

あの夏

先日、毎日新聞から「私だけのふるさと」というシリーズで秋田市を語ってほしいと依頼があった。

私は秋田市で生まれたものの、三歳までしかおらず、育ちは東京である。そのため、「ふるさと」という企画に出るのはおこがましいかと迷ったが、どうしても忘れられない風景がある。それは今でも強烈で、「私だけのふるさと」として話しても許される気がした。

八歳の夏だった。

私は毎年、夏休みの大半を秋田市の祖父母の家で過ごしており、その夏もそうしていた。祖父母の家は市内の土崎という港町にあったのだが、その夏、なぜだか突然、母の一番下の弟が私に言った。

「自転車の後ろに乗れ。旧国道を走ろう」

母の一番下の弟、つまり私の叔父は県立秋田高校の一年生で、まだ十六歳だった。姪の私とは八つしか離れていない。いつもは遊んでもくれないのに、突然こう言ったのだ。私はその叔父が大好きで、思わぬ誘いに小躍《こおど》りした。

どこで手に入れたのか、叔父は黒くてごつくて古びた自転車の荷台に、私を乗せた。私は麦わら帽子をかぶり、色のさめた木綿の服を着て、下駄をはいていたはずだ。叔父は白い開衿シャツに黒い学生ズボンをはき、秋田高校の学帽をかぶり、ズック靴をはいていたと思う。いつでもその恰好だったので、間違いない。

十六歳の叔父と八歳の姪は、ビュンビュンと風を切って旧国道を走った。後で知ったことだが、これは土崎と八橋《やばせ》を結ぶ約五キロの道で、現在は「秋田市道」というそうだ。

八歳の私が見た風景を、今でも明確に思い出せる。どこまでもどこまでも続く一直線の道は、車もほとんど通らない。ジリジリと照りつける太陽の下、道の片側には田んぼが広がり、その向こうに日本海が光っていた。そして、もう一方には夏山がそびえていた。おそらく、太平山だ。

空の青、海の青、田の緑、山の緑の中を、黒くてごつい自転車はビュンビュン走る。顔に当たる風で息ができないほど飛ばす。今では、その風までが緑色だったような気がしている。

この往復十キロのサイクリングを、私はもちろんのこと叔父もすっかり気に入ったらしい。以来、毎日、

「自転車の後ろに乗れ」

と言ってくれる。その上、気が向くとアイスキャンデーを買ってくれて、緑の風の中で食べた。

今でもよく覚えているのだが、叔父の友達が一緒に走ることがあった。アイスキャンデーを三人で食べた記憶もある。

大人になってから叔父にその話をすると、

「サイクリングのことは全然覚えてないなァ。だけど、一緒に走ったヤツがいたなら、正明《まさあき》だよ」

と言った。後の直木賞作家の西木正明さんである。叔父とは秋田高校の同級生で、しょっちゅう自転車で遊びに来ていたという。

あの夏から五十年余りの歳月が流れた。なのに、今も私にとっての「ふるさと」はお祭りでもなく、花火でもなく、吹雪の夜の囲炉裏端《いろりばた》でもなく、旧国道をビュンビュンと飛ばした八歳の夏なのである。もう半世紀が過ぎ去ったというのに、私にとってあれほど美しい夏は他にない。あれほど美しい故郷の風景も他にない。

そしてこの六月、秋田で全国植樹祭が開催され、久々に西木さんとお会いした。西木さんもサイクリングのことは覚えていらっしゃらなかったが、懐かしそうに、

「そんなこともあったかもしれないなァ。僕は家を離れて秋田市に下宿していて、淋しいし、よく遊びに行ってたもの。そうだ、今度三人で飲もうよ」

とおっしゃった。

私は西木さんと話した後、旧国道に行ってみようと思い立った。帰りに飛行場まで送って下さる植樹祭関係者が、案内して下さるという。

そして、

「内館さん、ここです。サイクリングした道は」

と到着した時、私は意味がわからなかった。

「私は、旧国道に行きたいんですけど」

と返事をしていた。

「ですから、ここが旧国道の土崎側の入口です。内館さんはここから八橋に向かって走ったんですよ」

そう言われてもなお、ここがあの旧国道だとは思えなかった。道の両側には店や家がびっしりと建ち並び、いわゆる「町の商店街」である。

さらに衝撃だったのは、道がまっすぐではないのだ。カーブが続く商店街に面くらい、私は、

「ズドーンと一直線で、ずっと先までまっすぐな道だったんですが……」

と言うと、案内の方は、

「面影橋から先は、まっすぐに一直線ですよ」

とおっしゃる。

行ってみると、確かにまっすぐだった。だが、そこも店や家が建ち並び、私の中の風景とはもうまったく別の道、別の世界だった。

私はそこを車でゆっくりと走りながら、裏切られたという思いがまったくないことに気づいていた。また、「来なければよかった」という思いもまったくなかった。むしろ、ここまで変貌したことによって、五十余年前の風景が、より生き返ったような気がした。半端な変貌や、昔の何かが少しずつ残っていたなら、妙な感傷に襲われ、「来なければよかった」となるだろう。しかし、徹底的な変貌はそれを駆逐する。失われた風景が鮮やかに立ち上がる。

私は、そんな不思議な快感を覚えていた。

アイスキャンデーを食べていた三人が、お酒を飲む三人に変わればこそ、遠い日の幼い姿はよりくっきりと甦るに違いない。

「掟」をなめる乗客

八月のある夕刻、香川県高松市に向かうため、羽田空港から全日空機に乗った。ところが、定刻を二十分過ぎても、二十五分過ぎても離陸しない。遅れの説明もないまま三十分が過ぎた頃、客室乗務員がコックピットに入って行くのが見えた。すると間もなく、機長のアナウンスが流れた。

「定刻通りに離陸する準備は整っておりましたが、一人のお客様が安全運航のためのルールに従うことにご理解を頂けません。そのため、ずっとパーサーが説得を続けておりますが、ご理解に至っておりません」

乗客たちは驚き、あたりを見回し始めた。機長は続けた。

「もし、ご理解頂けませんと、本機は離陸できず、搭乗ゲートまで再び引き返します。他のお客様には大変ご迷惑をおかけ致しますが、ご理解を頂けましたなら、直ちに離陸致します」

こういう内容だった。私は新聞のオリンピック記事に没頭していて、さほど気にとめていなかったのだが、そういえば誰かをなじるような大声が、ずっと聞こえていた。私は初めて、その声の方に目をやった。パーサーと客室乗務員一人が立っており、なじるように話す乗客の姿もチラッと見える。七十代前半かと思われる男性客である。

その大声から、彼が何をゴネているのかがわかった。彼は手荷物を足元に置いており、どうもそれが通路にも少しはみ出しているらしい。誰しも理解している通り、手荷物は上部の棚に入れるか、前の座席の下に押し込むかする。足元や通路に置いては、有事の際につまずいたり、逃げ道をふさいだりする可能性もあるため、禁止されている。

おそらく、客室乗務員は離陸前にそれに気づき、正しく収納するように言い、男性客は従わなかったのだろう。それだけのために押し問答と説得が続き、三十分を消費したわけだ。

機長のアナウンスからさらに十分が過ぎた時、再び機長の声が流れた。

「ただ今、お客様のご理解を頂けましたので、間もなく離陸致します。ご理解ありがとうございました」

そして、本当にすぐに離陸した。が、話はこれで終わらなかったのである。

離陸直後、飛行機が急角度で上昇する中、乗客も乗務員もシートベルトをつけて着席していた。するとその時、例の男性客が突然立ち上がり、トイレに向かって歩き出したのである。

機体はまだ水平飛行に入っておらず、まっすぐ歩けないのはもちろんのこと、立っていられない状態だ。が、彼はあっちにぶつかり、こっちの客に倒れかかり、トイレに向かった。乗務員が二人がかりで制止したが、彼は怒鳴りちらし、二人を振りほどき、トイレに入った。

おそらく、正しく収納せざるを得なかった自分に、おさまりがつかなかったのだろう。上昇飛行中にトイレに立つという、実に幼稚な反抗によって、自尊心を保とうとしたに違いない。

その後、機長や乗務員から、離陸が四十分遅れたことに対する詫《わ》びが何度かアナウンスされたが、それを耳にしても彼はまったく恥じる風もない。

やがて、着陸が近くなった時、機長が厳然と「飛行機における安全運航への協力」を語り、「今回のような行為は、航空法七十三条の四第五項に違反し、五十万円以下の罰金が科せられる場合があります」

と続けた。

そして着陸。

すると例の乗客が飛行機を降りるや否や、全日空の社員らしき男の人が、書類を持って近づいた。きっと「罰金五十万円以下」に関する書類だろう。が、例の乗客は横柄な態度を崩さず、その社員を手で払おうとする。

その時だ。三十代かと思う男性乗客が、二人の前に立ち、ビシッと言った。

「一番悪いのは、この乗客です。だけど、全日空も甘過ぎる。三十分も何の説明もなく、僕が催促して初めて機長説明があったのは実にゆるい。客を三十分も平気で放っておくんですね」

そうか。この人に言われて乗務員がコックピットに入ったわけか。確かに、JRの場合はすぐに説明がある。彼はさらに、

「当たり前のことを守れない一人のせいで遅れ、僕は仕事に大きな影響が出ました。あげく、トイレに立って他の客にはぶつかるし、他者が危険です。こういう場合、全乗客に向かってこの本人に謝らせるくらい、航空会社はやるべきです。甘過ぎます」

と断じた。そばにいた私も言った。

「どんなことを守らなくて飛べないのか、具体的にアナウンスすべきと思います。ハッキリと『荷物を何としても足元に置くと言い張る乗客が一名おり、離陸できません』とアナウンスして、いかにみっともない大人であるかを全乗客に知らしめればいいんです。それに、機長が『ご理解ありがとうございました』なんて、礼を言う必要はありません。甘過ぎます。むしろ、守るべきを守れない人の名前もアナウンスしていいほどだわ」

重い物が空を飛ぶという、一般人には不条理な現実には、当然ながら危険がつきまとう。

安全運航に協力するのはマナーではなく、「掟《おきて》」だ。

たかが手荷物であっても、安全運航に反する行為という意味では、墜落の危険と同等に捉《とら》えていい。礼を言うより、すべてぶちまけて恥をかかせても、叩き込むべきことだろう。

もしかしたらこういう場合、逆ギレされて「空飛ぶ密室」の中で暴れたり、他に危害を及ぼすことを懸念し、甘くしているのかもしれない。だが、その甘さが「掟をなめる乗客」を作ってはいないか。

肘の上のポニョ

先日、女友達と三人でランチをしたところ、一人がとてもステキなワンピースを着ていた。左肩のあたりから胸にかけて大胆なプリントがほどこされ、大柄な彼女によく似合う。なのに、上にジャケットを重ねており、せっかくのプリントが半分隠れてしまっている。

私が、

「ジャケット、着ない方がいいのに」

と言うと、彼女は首をすくめて答えた。

「みんなにそう言われるけど、これ、ノースリーブだからジャケットで隠さないと着られないの。私、『肘《ひじ》の上のポニョ』だから」

何とうまいことを言うのかと、私は大笑いした。

「肘の上」、つまり二の腕のことだ。そこに余分な肉がついて、ポニョポニョしているわけである。これは圧倒的多くの中年女性が頭を痛めている問題で、腕を振ると肉がタプタプと揺れるので「振り袖」と呼ばれたりするが、大ヒット映画「崖の上のポニョ」をもじって、「肘の上のポニョ」とはうまい！

大笑いしている私に、二人は言った。

「今頃、何を大受けしてるのよ。四十代以上はみんな言ってるわよ。『臍《へそ》の上のポニョ』とか『胸の下のポニョ』とか」

「そうよ。『ブラの上のポニョ』、『尻の下のポニョ』とかね」

確かに、いずれも加齢と共に肉がつく部位だ。

その夜、『女性セブン』を読んでいたら、ヘアメークアーティストの山本浩未さんが「腰の上のポニョ」と書いていた。映画と同様に大ヒットの「肉用語」になっているようだ。

私はこの夏、幻冬舎から『エイジハラスメント』という小説を出した。これは女の年齢がテーマである。

日本では、いまだに女は若いほどいいという風潮があり、「ポニョ年齢」になったなら、まとめて「オバサン」とされる。もっとも、昨今はずいぶん変わって来ているようだし、女性誌などでも四十代や五十代の美しさを特集するのは当たり前。そればかりか、その年代をターゲットにした雑誌も出始めた。

当然、男たちも女の扱い方を学習するわけであり、「オバサンと言ってはならんのだな」

と肝に銘じたり、「女の前では年輪が美しいと言っておく方が平和なんだな」と胸に刻んだりする。

が、それでも女を加齢によって区別、差別、蔑視する現実は残念ながら厳然と残っている。

この『エイジハラスメント』という小説の表紙は、二人の女の肩から足元までが描かれたイラストだ。一人は若い女ですっきりと細い腕、腰、脚が本当にきれい。もう一人は若くない女で、体全体がポニョついている。「肘の上のポニョ」で「臍の上のポニョ」で「腰の上のポニョ」だ。その上、若い女は黒いノースリーブのワンピースだが、若くない女はピンクの花柄のワンピースである。なぜだか、女は加齢と共に派手な色や柄を着たがるケースは、ままある。

私はこの二人を並べて描くことにこだわった。どんなに「女は外見より中身よ」とか「女の美しさは年輪よ」とか言っても、やっぱり若さは軽やかで、きれいだということを示したかった。それを十分に承知した上で、加齢とどう向きあうかを考えた方が、悪あがきにならないような気がするのだ。

年齢を上手に重ねることは難しい。上手な人を見ると憧れ、あんな風になりたいと思う。だが、いざとなると、なぜか「反・若さ」を声高に言う人たちが目につく。つまり、

「女の価値は若さじゃないのよ！」

の類であり、男たちが若い女を可愛がると、

「あいつは、大人の女とつきあえないレベルなのよ」

という決まり文句の類である。

なのに、加齢と共にやみくもに若作りをしたり、若い人の口調で話したり、「向・若さ」も激しい。この「反・若さ」と「向・若さ」の間で揺れる言動は、やはり悪あがきではないか。

上手に年齢を重ねている人たちは、もっと悠然と構え、「若い人はいいわね。若い人はきれいね」と言いながら、決して「反・若さ」にも「向・若さ」にも行かず、独自の美しさを見せているように思う。そのためにはまず、少なくとも容色は若い方が美しいという現実を、サラリと認めることが前提ではないだろうか。

ただ、日本の場合、女性たち本人の意思とは関係なく、ポニョ年齢になると周囲が勝手に「オバサン」と決めつける。そのうち「ご年配」と呼び、やがて「ご高齢」と呼ぶ。

これらはすべて、「女を卒業」した人というニュアンスがある。本人は女を卒業したつもりもなく、ご年配とも思っていないし、若さを保つ努力もしているのに、周囲が年齢によって勝手に決め、分類し、女の立ち位置を確定する。これは「エイジハラスメント」である。

他にも、年齢によって女が不快感を与えられることは少なくない。男たちはエイジハラス

メントをすると、

「冗談だよ、冗談」

と笑うことが多い。笑えば許されると思っているように見える。

この小説を書くにあたり、日本の二十代から三十代のOLたちに取材を重ねたが、エイジハラスメントの具体例はかなりのものだった。いずれ、ご紹介したい。

そういえば、少しポニョ気味になったフランスの大女優、カトリーヌ・ドヌーヴが来日した際、

「日本では年齢のことばかり聞かれる」

と立腹していたとか。

あれほどの美人女優に対してでも、日本ではポニョになったらエイジハラスメントするのである。

何が「かな」だ

九月中旬、東京都教育委員会の方々と、中国は北京市の小学校を視察した。その中で、強烈な衝撃を受けたことがある。「花家地実験小学校」を訪問した時のことだ。ここは周辺地域の子供が大半で、ごく普通の公立小学校である。

私たちは到着するなり、別棟の一室に案内された。そこは「イギリスコーナー」とか「日本コーナー」とか「ブラジルコーナー」とか数か国のコーナーに分かれており、その国に関する調査研究の展示物や模型、絵などが並んでいた。いずれも生徒たちの作品や研究展示物である。

各国のコーナーには、説明役の女子生徒が一人ずつ立っており、私たちに説明をしてくれた。衝撃を受けたのは、この少女たちの堂々たる態度と、みごとな言葉遣いである。これには、私のみならず、全員が本当にショックを受けた。

私たちは誰も北京語を遣えないので、少女たちの言う内容は通訳によって知らされる。が、内容そのものよりも、少女たちが口にする言葉の明確さ、声の大きさ、歯切れのよさは、聞くだけでわかる。私たちのどんな質問にも、答えられるものにはキビキビと答え、わからないことはハッキリと「わからない」と謝る。数人とも五年生と六年生だという。十二歳かそこらの子が、外国人の大人が発する突然の質問を次々にさばく。それも凛とした声と、明確な言葉でだ。

私は実はずっと以前から日本の若い人たちの、声の小ささが気になっていた。加えて、語尾が消え、歯切れが悪く、明確に言い切ることを避ける。私は大学で講義を持っていたり、また若い人たちと接する機会が多いのだが、この傾向は確かにある。

これでは、とてもじゃないが中国とは勝負にならない。別に勝負する必要はないと言う人もあろうが、国際社会にあっては、イヤでも渡り合う必然は出て来よう。声が小さくて、語尾が消えて、ボソボソと話し、あげく明確な言い切りを避ける人間に、大切なことを任せるほど国際社会は甘くあるまい。

花家地実験小学校で会った少女たちが、たとえば、

「Aさんの意見は面白いと思いますが、私は別の考え方をしています。それに関し、自信を持っていますので説明させて下さい」

と言ったとする。本当に、このくらいのことは言いかねない少女たちだ。が、同じことを

日本の少年少女が言うと、おそらく、

「……んーとォ……Aさんのォ……意見？　ってかァ、面白いかなみたいな……自分的にはァ……何か色々な考え？　ってか、何か……あるのかなとかって、やっぱ……考えたりとかするじゃないですかァ……。やっぱ、みんな、自分的には……自信？　とか持ってればいいかなとか……思うってか……」

と、こうなる。言い切らないので、いつまでたっても堂々巡り。むろん、すべての少年少女がこのレベルというのではない。花家地実験小学校の生徒にしても、みんながみんなあのレベルではないかもしれない。

が、傾向としては日本の若い人たちの言葉遣いは限りなく、この例に近い。これを小さい声でボソボソやられた日にゃ、土俵にあがる前から負けている。

少なくとも、四十代以上の方々は「かつての日本人はもっと大きな声で語り、こんなあいまいな言い方はしなかった」と思っておられるのではないか。「みたいな」や「とか」の乱用、妙なところで「？」と語尾を上げ、断言を避けるのは、今や大人も当たり前である。

さらに最近は、「かな」の新しい遣い方が加わった。

もともと「かな」には柔らかい疑問形としての用途があるが、最近の「かな」は何とも不気味な、往生際の悪い遣い方で、国会議員も平気で使用する。天下国家を任されている国会議員くらいは、こんな潔くない「かな」を遣わず、断言すべきである。

例えば、九月二日の朝日新聞夕刊では、福田首相辞任の記事を載せている。その中に、福田内閣で初入閣した議員が、次のように答えている。

「始めたばかりでこれからだったので、正直、ちょっと残念だったかなと思っていますが(後略)」

なぜ「ちょっと残念だったと思っている」と断言しないのか。自分の気持ちに、なぜ「かな」が必要なのか。笑止千万。

また、九月四日のNHK七時のニュースでは、自民党幹部が、

「みごたえのある総裁選になるのかなと思っている」

と語った。この「かな」の遣い方、おかしいだろう。

さらに、総裁に立候補した一人は、

「(A候補者は自分とは考え方が真逆なので)論争する機会を作らないといけないのかなと思っている」

と語った。「作らないといけないと思っている」と断言すべきだろう。断言できないならせめて、「作らないといけないだろうと思っている」と言うべきだ。「だろう」より「かな」の方が言い切りの度合が弱いため、言質を取られまいと思ったのか。まったく何が「かな」

だ。

国会議員でさえこうなのだから、日本の言葉は本当にひどいことになっている。九月四日の日本テレビ系情報番組「ミヤネ屋」では、某県の迷子センターの様子を放送していたが、その中で女性係員が、

「迷子さん、保護されていたりはしてないですか」

と言っていた。ここまですごい日本語は、さすがに久々に聞いた。

北京の少女たちを思い出しながら、自戒をこめて言葉を大切にしたいと思う。

幼女の人権

私が東京都教育委員会の仕事で北京に行ってきたと知った女友達が、ある晩、電話をかけて来た。

「ねえ、北京オリンピックで、口パクされた七歳の女の子の、その後の記事を読んだ？　可哀想で可哀想で体が震えたわ」

私もその記事は機内で読んでいた。

ご存じの通り、北京オリンピックの開会式で、九歳の美少女が歌った声は、「口パク」であり、本当の声の主は七歳の少女だった。そのニュースは世界中を駆け巡り、非難の嵐が吹き荒れた。しかし、開会式を演出した張芸謀《チャンイーモウ》さんは「演出の範囲内である」として、まったく問題にしなかった。

私に電話をくれた女友達が「体が震えた」という記事は、その後の女の子の様子だ。七歳の少女は美少女の影武者に使われたと知り、大きなショックを受けた。私が読んだ記事では、少女は血が出るほど自分の腕を噛んで耐えたという。小学校の担任が「もうこれ以上、あの子を傷つけないで下さい」と涙ながらに訴えているという内容だった。

私の女友達は、電話で怒って言った。

「そのナンダラいう演出家って何なのよ」

「張芸謀ね。彼は中国を代表する映画監督よ。ヴェネチア国際映画祭で、二度も金獅子賞を取っているんだから、世界を代表する映画監督と言う方が正しいかもしれない」

「えー？　そんなすごい人なの？……あきれた」

彼女はそう言って黙った。

実は私も、七歳の少女がやられたことは、あまりにも酷《むご》いと思っている。

百歩譲って「演出の範囲内」のことだとしても、この少女が受けた傷は計り知れない。わずか七歳であっても、「私は顔が可愛くないから声だけ使われたんだ」と必ず思う。これは彼女の原体験になり、おそらく、一生引きずる。世界的な映画監督が、人間心理に疎いわけはあるまい。映画監督たるものは老若男女の心理がわからなければ、作品が生み出せるわけがない。

少女が「口パク」の事態を知り、血が出るほど自分の腕を噛んだということは、事前説明が彼女に正しくなされていたとは思い難い。細やかな「インフォームドコンセント」がされていれば、担任教師が見るに見かねて「これ以上、傷つけないで」とは言うまい。

実際に北京に行ってみて感じたが、「オリンピックを成功させねばならない」という気持ちの強さは、私の想像を遥かに超えていた。

広大な国土ゆえ、その気持ちが全国に行き渡っていたとはむろん思わないが、国家としては何としても成功させねばならないと考えていたことは、現地に行くと再認識させられる。何しろ北京市内の小学校では、幼い児童までがグループを組み、山奥や遠い農村に出かけ、オリンピックの啓蒙活動を続けてきたという。

そんな中で、国を背負わされた張芸謀監督としては、成功のためには「多少のことは演出の範囲内」と腹をくくり、そのうちに感覚が鈍化したのではないか。花火もコンピューターグラフィックで、「少数民族」の子供たちの出演も看板に偽りがあったわけで、鈍化したとしか思えない。

「口パク」に関しては、もしかしたら少女本人は幼くてわからないであろうと考え、両親にきちんとしたインフォームドコンセントがなされていたのかもしれない。両親にしてみれば挙国一致の大イベントで、娘の声が使われるのは大変な名誉だとして、許可していたことも考えられる。

だが、女の子にとって「可愛い」か否かの問題は、七歳どころかもっと幼いうちから理解できるものだ。

この少女にしても、たとえ七歳でも「顔は不要」とされたのだとわかったはずだ。そして学校で、

「お前は声だけかよ」

「可愛い子じゃないと中国として恥ずかしいもんな」

などと言われたりすることも、十分ありうる。

私は張芸謀監督がこの少女にしたことこそ、人権に触れる問題だと考えている。

電話をかけてきた女友達は、ポツンと言った。

「昔の日本みたいね」

彼女の許可のもとに書くが、彼女は三姉妹の次女で、

「私だけブスだったの」

と言った。そして、

「姉と妹が並の美人ならまだ救われたけど、二人とも超のつく美人でさ。ミスコンや芸能界から誘いがあるんだから、ホントにこっちは死にたかったわよ」

と苦笑まじりに言った。さらに彼女は、

「昭和三十年代の日本だもん、面と向かってご近所の人や親戚の人が言うのよ。『何だっ

て××子一人だけがこうなんだ』とか『オヤジが酔っ払って作った子だな』とか。親までが『姉や妹と違って、××子は気だてだけですから、嫁の口があればどこにでも参ります。厳しく躾《しつ》けて頂いて、力仕事でも何でもやらせて大丈夫です』って、奴隷よ」

と笑った。現在、彼女は自分が望んだ人生を手にしている。姉や妹より経済的にも社会的にもずっと幸せだそうだ。

だが、そんな将来は幼いうちにはわからない。大人になったら「お姫様になりたい」と夢見て、そしてサンタクロースを信じている年齢なのである。そう考えると、大人たちの不用意は万死に値する。

私は母からいつも言われている。どこかで赤ちゃんを見て、

「ワ！　可愛い！」

と言うのはいいが、もしも横にお姉ちゃんがいたら、

「ワァ！　お姉ちゃんもこんなに可愛いのねえ！」

と必ず言いなさいと。

水道局の「東京水」

　ある時、東京都の会議があり、都庁に行った。

　会議室に入ると、それぞれの席に五百ミリリットルのペットボトルが置いてあった。会議の際に水やお茶のペットボトルが置いてあるのは、今やごく当たり前のことだ。

が、その日に置かれていたボトルは、今まで見たことのないものだった。淡いブルーがいかにもクリアな感じの、きれいなラベルだ。

　手に取って見ると、「東京水」と書いてある。アッと思った。「そうか、これのことか」と思い当たった。

　かなり前に、新聞で読んだ記事を思い出したのだ。それは、東京の水道水がとてもきれいでおいしく、ミネラルウォーターにも劣らないことをPRするために、東京都水道局が水道水をボトル詰めし、一本百円で販売するという記事だ。

　しかし、私は現実に「東京水」を見かけたことがなく、周囲で話題になったこともなかった。私は会議室で「東京水」のボトルを眺めながら、本当に製造販売されていたのだと驚いた。

とにかく、ひと頃、東京の水道水ほどひどいものはないと言われた。特にマンションの水道水の不衛生なことがヤリ玉にあがり、テレビや雑誌などでも、貯水タンクにネズミの死骸が浮いていたとか、雑菌だらけで濁っていたとか、カビがびっしりだったとか、恐ろしい話が紹介され続けた。あの頃から浄水器をつける家庭が増えたはずだし、「水は買って飲むもの」という意識が、東京都民の間には広がったと思う。

そんな中、さすがに東京都水道局は、手をこまねいてはいられなくなったのだろう。浄水を徹底し、水道水の水質改善に乗り出したという記事をよく覚えている。その結果、国の水質基準を高い水準でクリアし、非常に安全でおいしい水になったと書かれていた。「東京水」の製造販売は、それをよりアピールするためなのだと、そんな記事だった。

その日、会議の出席者たちは、やはり記事を思い出したのだろう。ペットボトルを見るなり、

「オッ、ホントに製造してたのか」

「初めて見たわ。どこに行けば売ってるの?」

「ボトル、頂いて帰ってもいいかしら」

などと面白がりながら、みんなで飲んでみた。単なる水道水とはいえ、おしゃれなボトルに入っているというだけで、こちらもちょっと気合いが違う。飲んでみて、みんなで、

「あら、おいしい」

「うん、臭くないね」

「へえ、東京都の水、こんなによくなったんだ」

と言いあう。みんな東京に住んでいるのだから、「あら、おいしい」も「東京の水、こんなによくなったのか」もないものだが、つまりは日頃、水道水を飲んでいないという証拠だろう。

私はやがて、これは友達にプレゼントすると喜ばれるかも……と思い始めた。というのも、ボトルに書いてあるのだ。

「冷やすとより一層おいしくお飲みいただけます」

これって、水道水のくせにイッチョ前じゃないか。さらにだ。

「開栓後は速やかにお飲みください」

ときた。ホントに水道水のくせして、フランスだの富士山麓だのというミネラルウォーターと同じことを書いておくれじゃないか。

が、「採水地」のところが胸にしみた。「金町浄水場（東京都葛飾区）」だって。

「販売者」のところもしみた。「東京都水道局」だって。

「原材料名」のところもだ。普通は「水（鉱泉水）」とか「水（海洋深層水）」とか書いてあるのに、「東京水」は「水（水道水）」だって。

そうなの、ここで一気に水道水という出自がバレるのよ。それに、ボトルのふたには蛇口の絵が描いてあるの。何か切ないでしょ。何かいとおしいでしょ。

でも、本人は「人間も水も最後に勝つのは努力と根性」とばかりに、

「安全でおいしい『東京水』をお届けするため、高度浄水処理の導入促進など、水源から蛇口までのさまざまな事業に取り組んでいます。そして、蛇口から安心して飲める水道水を目指しています」

なんぞと所信表明まで書いてある。

こんなに色々書いてあるボトルって初めてよ。でも、努力と根性をこれほどアピールしないと、過去の汚点は消せないってわかっているのよ。やっぱりしみるでしょ。

聞けば、「東京水」は都庁内のコンビニの他、上野公園や東京体育館など都の施設で買えるという。私はまず手始めに東北大相撲部員に飲ませてみた。彼らは手にするなり口をそろえた。

「東京水？　へえ、東京でしか買えないんですか」

私は答えた。

「東京も限られたところでしか買えないお宝よ。水道水よ」

「えーッ？　水道の水⁉」

彼らが引くかと思いきや、

「面白いっすねえ。フランスだとか、どっかの山奥の水だとかはどこでも売ってて、どこでも飲めるけど、地方にいたら東京の水道水は飲めないもんなァ」

と言う。なるほど、その通りだ。東北大相撲部員は本当に頭がいい。そして彼らは、口々に言った。

「うまいっすよ」

「へえ、これが東京の水か。悪くないよなァ」

「ボトル、可愛い♡」

私は自信を持ち、東京に帰るなり女友達どもに「プレゼントするわ」と電話をかけた。すると、全員に言われた。

「ボトルだけちょうだい。水は蛇口ひねりゃ出てくるから」

なるほど、その通りだ。私の女友達は本当に頭がいい。

老人のエレガンス

九月二十五日の朝日新聞に、西元美樹さんという十二歳の少女の投稿が載っていた。そこには「ゆずられたら座ってほしい」という見出しがついており、美樹さんがバスの中で老人に席を譲ったのに、座ってくれなくてとても困ったという内容だ。

ホントにホントに、こういう老人って少なくないのよねえ。「どうぞ」と言って立った後、「結構です」と断られると、振りあげた拳の降ろしようがない。老人の頭に降ろしてやろうかとさえ思うほどだ。

小学生の美樹さんは、そのあたりをリアルに書いており、同じ経験をした人は思わず吹き出し、同意するに違いない。長いが全文をご紹介する。

●

休日の昼間にバスに乗っていたとき、80歳ぐらいのおばあさんが荷物を持ってよろけながら乗ってきて、座っている私の前に立ちました。

私は恥ずかしかったのですが、勇気を出しておばあさんに「どうぞ座ってください」と声をかけて立ちました。

しかし、おばあさんは「いいよ、いいよ」というように首と手を横に振って座らないので、空いた席の前で2人とも立ち続けてしまいました。

空いている席はほかになくて、立っている人もいましたが、私たちの前の席は空いたまま、停りゅう所三つか四つが過ぎ、終点まで そのままでした。

学校で、お年寄りや体の不自由な人に席をゆずりましょうと習ってきたのに、とても気まずくて次に同じようなことがあった時、また席をゆずれるかどうか、人の目が気になってしまいます。

お年寄りは席をゆずられたら、えんりょせずに座ってください。

●

私も何度も同じ経験をしている。

ある日、都営バスでのことだ。途中から母娘が乗って来た。母親は八十代だろうか。娘に支えられ、半歩ずつ進むような足取りだ。優先席は全部空いていたが、母娘は私が座っている席の前に立ったので、すぐに席を譲った。が、母親は、

「結構です」

と断った。しかし、揺れるバスにヨロヨロしているのである。困った。この高齢者を前にして、座っているわけにはいかない。次の瞬間、母親はよろけて私にしがみつき、言った。

「立って足を鍛えることにしてますので」

そして娘がつけ加えた。

「空いている優先席にも座りませんでしょ」

その言い方は、「優先席に座らないんだから、わかりそうなものを鈍いわね」という感じだった。しかし、「では、また私が座ります」とはいかないものである。少女の投稿にもある通りだ。私は恰好がつかず、

「ちょうど降りますので」

と言い、次の停留所で降りてしまった。乗っていられたものじゃない。

ある時は、地下鉄丸ノ内線でのことだ。座席は全部埋まっており、私は立っていた。目の前には小学生らしき少年が座っていて、膝の上にドリルを広げ、懸命に何やら書きこんでいる。

すると、八十代かと思われる男性客が乗って来た。ツイードのジャケットを着て帽子をかぶり、ステッキをついている。英国紳士風にダンディだが、腰はやや曲がっている。ステッキを持つ手も、また咽喉《のど》のシワも、「老人」であることは紛《まぎ》れもない。

やがて、ドリルを開いていた少年が気づいた。少年はチラチラと目をやり、やがて思い切ったように、

「どうぞ」

と言って立った。すると英国紳士風は答えた。

「ありがとう。でも、いいから。ありがとう」

まったく、優しい言葉でお礼を言えばいいというものではないだろう。少年は顔を赤らめ、カバンをナナメ掛けして困っている。英国紳士風は腰を曲げてステッキをつき、座ろうとしない。この老人は何もわかっていないのだ。少年が勇気を出して席を譲ったことも、断ったら少年が恥ずかしいことも。

次の瞬間、私は少年に言っていた。

「私が座っていい？　さっきからちょっと体調が悪かったの」

体調なんぞ絶好調だが、構やしない。私の言葉に、少年はホッとしたようにうなずいた。私は英国紳士風と少年を前に、絶好調の体をさも疲れたようにして座り、降りる時に、

「本当にありがとう。とても助かったわ」

と言った。少年ははにかんだように笑った。

ホームから車内を見ると、私が座っていた席は空いたままで、英国紳士風も少年も立って

いた。やっぱり、一度譲った席には座れないものなのだ。

さらには、もっとひどい話を女友達から聞いた。七十代後半の婦人が席を譲られた。立ってくれた若者に、彼女は言ったそうだ。

「私、幾つに見えます?」

あまりに非常識な言葉に車内は凍りつき、やがてイヤーな空気がたちこめたという。女友達は私に「若作りに命かけてるけど、七十代後半にしか見えないわよ」と切って捨てた。

英国紳士風も若作りの彼女も、自分はおしゃれで若いという自信があるのだろう。絶対にそこらの同年代とは違い、老人には見えないはずだという自信。

だが、やっぱり年相応に見えるものなのだ。まして、十代や二十代にとっては、五十代も九十代も同じに見えるだろう。

譲られたら笑顔で座る。カン違いの自信より、ずっとダンディであり、エレガントではないか。

第二だか第三だか

男友達が手帳を見ながら、

「十月十一日から三連休だから……あれ？　十月十三日って何の祝日だっけ？」

と言う。私は、

「体育の日よ」

と答えた後で訊いた。

「敬老の日はわかる？」

「九月十五日だろ」

「じゃ、海の日は？」

「七月二十日」

「成人の日は？」

「バカにしてんのか？　一月十五日……あ……違った！　今言ったの全部間違い。それは昔の祝日だ。今は……成人の日は一月の第二だか第三だかの月曜だよな。敬老の日も九月の第二だか第三だかの月曜」

「海の日も七月の第二だか第三だかよ」

「覚えにくいよなァ」

彼はそうつぶやき、手帳の付録ページを見て言った。

「成人の日が第二月曜、海の日は第三月曜、敬老の日も第三、体育の日が第二。こんなのゴッチャになるに決まってんだろ」

「私も全然覚えてない」

「ハッピーマンデー制度のおかげで、祝日四つが月曜日に動かされたのは有り難いけどな」

「特に成人の日なんかは三連休になったおかげで、故郷に帰って成人式に出られるものね。昔のように、一月十五日って決まっていて、それが水曜日だったりすると帰れないでしょう」

「そうそう。だけど、やっぱり俺、何かピンと来ないんだよな。この第二だか第三だかっていうの」

「私もなのよォ。ハッピーだし、メリットは十分に納得してるけど、何かの謂《いわれ》があるから、その日が記念日なわけでしょ。それを第二だか第三だかに移しちゃうって、考えてみれば乱暴な話よ」

「謂を無視した時点で、その祝日は単なる休日になるからなァ。土日と同じ」

彼は手帳を閉じながら、

「俺、記念日や謂のある日を動かすのは、本当は間違ってると思うよ。三連休はハッピーだけどさ」

と言った。私もまったく同感である。

「国民の祝日に関する法律」を調べてみると、「敬老の日」の意味は「多年にわたり社会につくしてきた老人を敬愛し、長寿を祝う」とある。謂は諸説あるようで、ひとつは『続日本紀』にまでさかのぼる。霊亀三（七一七）年九月、女帝の元正天皇が美濃に行幸した話が書かれている。その時、不老長寿の泉に出会った天皇は「老を養ふべし」として、元号を「養老」に改めたという。この行幸の日が、新暦では九月十五日になるそうだ。

が、全然違う謂もある。昭和二十二年九月十五日に兵庫県の村で敬老会が開かれた。これは全国初だそうで、やがて日本中に広がったという話だ。

どちらが正しいにせよ、九月の「第二だか第三だか」にすると、「敬老の日」という祝日の趣旨は限りなくゼロに近くなる。男友達が言うように、「単なる土日と同じ休日」であり、「老人を敬愛し……」という趣旨を一瞬でも思い出すのは難しい。そうなると、何のための祝日なのか。

「体育の日」にしてもだ。十月十日は一九六四年の東京オリンピック開会式だった。日本はアジアで初めてのオリンピックを成功させた。日本がよくも悪くも変貌したのは、あのオリンピックを境にしていることに、誰しも納得するだろう。「体育の日」は、あの東京オリンピックが開会された日であればこそ、「体育」を超えて意味を持つ。「体育の日」が十月十三日になったり、十月十四日になったりすれば、趣旨なんぞ忘れて当然だろう。

もしも中国が北京オリンピックにちなんで「体育の日」を作る場合、八月の「第二だか第三だか」に設定するとは、とても思えない。

ところで、大相撲では、力士の所作が乱れている。雲龍型土俵入りの型、塵《ちり》の切り方、勝ち名乗りの受け方、手刀の切り方等々、あきれるほどの乱れ方だ。外国人力士が勝手にアレンジしているケースも見苦しい。

なぜ乱れるか。最大の理由は、個々の所作における謂を教育していないからである。師匠さえ知らない場合もあり、どこかの時代で教育が途切れた。以来、意味もわからずに適当にやり続けたなら、乱れてゆるむのは当たり前。むろん、相撲教習所で新弟子に教育してはいるが、入門直後ではわけがわかるまい。

例えば「塵を切る」という所作は「塵浄水《ちょうず》」のことである。つまり、身を清めるために浄水を使う所作だ。昔は野天で相撲を取っていたのだが、当時は水が引かれていない。そのため、塵草（塵の如き雑草）を千切り、両掌をこすりあわせてもみつぶし、清めたという。それが今に残っており、力士は土俵上で蹲踞《そんきょ》の姿勢を取り、一度両手を下げた後、もみ手し、そして柏手を打つのが正しいとされる。だが、塵浄水の謂を知らないと、「別にもみ手は意味ないよな」となるのだろう。省略力士も非常に目立つ。実は、土俵という聖域にあがる上で、このもみ手こそが重要なのである。

また「手刀」もしかり。これは手で「刀」の形を作り、五穀の三神（勝負の三神説もある）に感謝する所作である。「刀」の形であるから、指の間をピタリとつけ、ピシッと切らねばならない。が、朝青龍は手踊りのような不気味なアレンジをし、琴欧洲はゆるい手刀もそこそこに立ち、懸賞金をつかむ。共に言語道断。だが、謂を知れば正すはずであり、私は横審の席上でも進言し続けているものの、協会の動きはない。

「第二だか第三だか」は、三連休を作る方を重く見た上での決定だろう。が、本来は本末転倒である。

頭が古かった！

読者の皆様は覚えておいでだろうか。十月二十四日号のこのページに、私は「日本の子供や若者は、どうしてこんなに声が小さく、語尾が消え、断言を避けるのか」と、怒りの文を書いた。

実際、例えば「二月は寒いから、外出したくないよ」と言えばいいのに、「二月とかは寒い？　ってか、やっぱそんなカンジかなみたいな……自分的には外出の方とかしない系？　とか考えるかなみたいな……」

と、こうなるケースは決して少なくない。これを小さな声で、あげく語尾を消して言われた日にゃ、日本の将来は真っ暗どころの騒ぎではない。日本の将来はない、と暗澹《あんたん》たる気分になる。

そんな中で、東京都港区立青山小学校の授業をぜひ見せて頂きたいと思い、十月のある日、東京都教育委員会の方々と伺った。

今、東京の公立小学校は非常に個性的なカリキュラムを独自に打ち出している。私が小学生だった頃は、公立小学校は頑として画一的であったが、今は違う。正規の授業を縦糸とするなら、横糸は体育や食育、芸術、ものづくり、ボランティア等々、その学校独自の方針に基づいた教育である。

青山小学校のカリキュラムを見ると、「声を出すこと」を大切にしているように思えてならなかった。

ひとつには、週に三回集中して行う「音読」の時間だ。また、ボランティアによる読み聞かせや語り聞かせばかりではなく、生徒たちにもそれをさせるという。さらに、十月はミュージカル・ワークショップもある。外部の劇団員の方々から指導して頂き、オリジナルのショートミュージカルを創作、演ずるという。

これらはいずれも、現代の子供や若者に多い欠点を直すのに、とてもいいのではないか。もしも生徒自身が「桃太郎」を語り聞かせる時に、

「桃太郎とかって、何か、桃から生まれた？　ってか……川から桃とかの方が流れて来たカンジで、何か、お婆さんとかが洗たくの方とかしてた系で……」

これは通用しない。

青山小学校の例で言えば、小声で音読はできないし、ミュージカルのセリフは「てか」だ

の「方」だのを多用して書かれているはずはない。歌の語尾消えもありえない。つまり、同校のカリキュラムは、現代の子供や若者の会話能力を高める上で、とてもいい訓練になると思ったのである。

当日、朝八時二十分から曽根節子校長のご案内で、私たちは音読やミュージカルの授業を見て回ったのだが、「音読」にはドギモを抜かれた。

読者の皆様は「音読」にどんなイメージを持っておられるだろう。おそらく、教室で一人ずつ本を読みあげたり、全員で合唱のようにそろって読んだりと考えるだろう。私もそう考えた。音読する本はアンデルセン童話とか、日本昔話とか、偉人伝とか、ともかく教科書の副読本のようなものだと思いこんでいた。

が、我が頭の古さを思い知らされた。公立小学校は進化したと、あれほどわかっていたつもりが、全然わかっちゃいなかった。何を音読していたか。あるクラスでは「小倉百人一首」である。それも、先生が、

「セーノッ」

と言うと、生徒たちは大声で暗誦《あんしょう》する。暗誦している間、先生はパンパンと手拍子をとる。生徒は大声で、

「ちはやぶる（パンパン）神代も聞かず竜田川（パンパン）からくれなゐに水くくるとは

「(パンパン) 在原業平朝臣 (パンパン)」

と、こうなる。そして、一首が終わるとすぐに、

「よし、次ッ。セーノッ」

「田子の浦に（パンパン）うち出でて見れば白妙の（パンパン）……」

と、こうなる。

ドギモを抜かれた後、感動した。小倉百人一首を「セーノ」と手拍子で暗誦する。これはステキだ。生徒はみんな楽しそうで、難しい和歌を暗誦している自分を誇っている表情だ。むろん、声は大きく明確である。今は和歌の意味がわからずとも、小学生のうちから百人一首を暗誦していることは、必ず彼らの肥やしになる。

また、別のクラスでは北原白秋の詩を一人一節ずつ暗誦していた。一人が、

「水馬《あめんぼ》赤いなアイウエオ浮藻に小エビも泳いでる」

と言うなり、次の子が、

「柿の木栗の木カキクケコ啄木鳥《きつつき》こつこつ枯けやき」

と続ける。リズムがよく、生徒たちは歌を歌うように楽しげで、声も大きい。

私は嬉しくなり、曽根校長に一年間の音読文献一覧を見せて頂いた。

感服した。日本の古典文学から杜甫、孔子、そして童話や詩に至るまで、みごとな採択。

一年生のうちから「風の又三郎」があり、二年生は「竹取物語」や「俳句」もあれば、工藤直子さんや阪田寛夫さんの詩もある。三年生になると堀口大學、山村暮鳥、萩原朔太郎、高村光太郎らが並ぶ。四年生は清少納言から糸井重里さんまでユニークなラインナップ。五年生は金子みすゞ、柿本人麻呂、論語など十五作。六年になると漱石、芭蕉、杜甫、「平家物語」など十二作である。

最初は音読でも、やがて暗誦してしまうのだろう。現在では教科書から消えてしまった作家や作品を、音読を経て暗誦してしまうのは何といいことだろう。小学生のうちから名文、名作に触れることは、小学生のうちから英語を学ぶことより遥かに大切だと、私は考えている。

まだ肩の薄い少年少女が楽しげに声を張りあげて音読し、創作ミュージカルの歌やセリフも大声でこなす。

その姿を見ながら、教育によっては日本にも将来はあると思った秋だった。

名前の間違い

人や物の名前を間違うことがある。なぜか大きく間違うことは少なく、ほんの少し間違う場合が圧倒的に多い。

例えば「平井さん」に向かって「綾小路さん」と呼びかける間違いは、あまりない。「平井さん」を「平田さん」とか「平山さん」などと間違うのだ。この「ほんの少し」の間違いの方が困ることが多い。というのも、どうも大きな間違いより訂正しにくいのである。

先日、私が仙台市の藤崎デパートに入ろうとした時だ。青葉通りを歩いて来た女の人が、私を見て、

「ああッ！」

と叫んだ。そして言うではないか。

「内牧さんだッ！」

私の場合、姓と名をくっつけられる間違いがかなり多い。その百パーセントが「館牧さ

ん」で、毎年、年賀状の宛名にも二、三枚はある。きっと正月気分で、ついおせち料理の「伊達巻《ダテマキ》」を思い浮かべてしまうのだろう。が、「内牧さん」と呼ばれたのは初めてだ。

彼女は本当に目をウルウルさせて言うのである。

「私、昔から内牧さんの大ファンなんです。内牧さんのドラマも本も全部読んでますし、もう熱烈な内牧ファンなんです！」

熱烈ファンなら姓と名をくっつけないでね、と思った。しかし、大きく「橋田壽賀子」と間違われたなら訂正できるが、ほんの少しだし、こんなに喜んでくれるのに訂正できるわけがない。私は、

「これからも応援して下さいね」

と言い、デパートに入ろうとした。その時である。彼女はバッグからノートを取り出し、言ったのだ。

「内牧さん、サインして下さい」

困った。こんなにファンだと言ってくれているのに、「内館牧子」とサインしたら、彼女にすごく恥をかかせることにならないか。さりとて、「内牧」と書いていいものだろうか。第一、名前はどうする、名前は。幾ら何でも「内牧牧子」ってヘンだろう。私はノートを持ったまま、固まっていた。すると彼女はまたも、

「嬉しいです！　内牧さんに会えて」

と笑顔満開。よしッ、腹を決めたッ。私は次の瞬間、「内牧牧子」とサインした。彼女はそれを見ても何らの疑問も見せず、大喜びして立ち去った。

あの様子では心の底から「内牧」だと思いこんでいる。「内館」と書かなくてよかったのだと思いつつも、やはりちゃんと書けばよかったのかなァとも思う。

そういえば昔、脚本家養成学校で会った友達は、向田邦子さんのファンだった。しかし、いつでも「ムカイダクニコ」と言う。学校の講師がついに、

「脚本家をめざすなら、名前を間違うと笑われますよ。『ムコウダ』です」

と注意した。彼女は、

「えッ、ムコウダっていうんですか。間違えてた！」

と驚いた様子だった。だが、次の日からもずっと、「ムカイダ」。私は今も彼女と親しいが、今もって「ムカイダ」。一度間違えて覚えると直りにくいようだ。

また、別の女友達は大変なミュージカルファンなのだが、『ラ・マンチャの男』というタイトルを、なぜだか『ラ・マンチェロの男』と覚えてしまった。ミュージカルには少々うるさい彼女だけに、堂々と、

「だからね、『屋根の上のヴァイオリン弾き』と比べてみるとさ、『ラ・マンチェロの男』の

場合はね」

と、ラ・マンチェロ論を展開。これとて『オペラ座の怪人』とでも大きく間違えてくれれば、こちらも、

「ああ、ラ・マンチャね」

と軽く訂正できるが、「ほんの少し」だから困るのだ。まして、ロンドンやニューヨークのラ・マンチェロ論までぶちあげている人に、

「ああ、ラ・マンチャね」

とはなかなか言いにくいものである。私と一緒にその論を聞いていた人もミュージカルには詳しいのだが、彼女は自分も「ラ・マンチェロ」と言って合わせていた。「内牧」と同じで、訂正しては恥をかかせると思ったのだろう。だが、アチコチで『ラ・マンチェロの男』と言って笑われる前に、訂正しておく方が恥をかかせないのかもしれない。

そして、また仙台でのことだ。北目町という町を歩いていると、自転車でやって来たオジサンが、

「あーッ！」

と自転車を停めた。また「内牧さん」と言われるのかと思っていると、オジサン、大声で叫びましたね。

「アンタ、誰だっけ⁉」

これは間違いよりひどい。そして、さらに言う。

「アンタ、テレビに出てるよな。な。テレビで見たよ。名前、何だっけ？」

実はこういう人はかなり多い。たとえ上品なご婦人であっても、

「あなた、テレビに出てますよね。お名前覚えていなくて。お名前、何とおっしゃいましたっけ？」

とくる。こういう時、

「内館牧子と申します」

と答えるほど、私はお人好しではない。会釈だけして立ち去ることにしているが、北目町のオジサンは、

「ね、名前何だっけ？」

としつこい。私は、

「内牧です」

と答えてサッサと角を曲がってやった。

また、九月場所の国技館での間違いはすごかった。館内で見知らぬ男性客に声をかけられたのだ。

「東北大の相撲部監督はまだ務めてるんですか？」

私はにこやかに答えた。

「はい。強くなりました」

「ほう。じゃあ、部員たちはみんな、股裂きなんかもできるんですか？」

ま、股裂き⁉

それを言うなら股割りです。これればかりはその場で訂正した。

ベッドに縛られる終末

ある日、古くからの知人のA氏を見舞うため、女友達のP子と、都内の大きな病院に出かけた。

入院中のA氏は、すでに意識が混濁し、かなり危険な状態にあると聞いていた。年齢も八十代半ばであり、私たちはどこかで覚悟を決めて病室に入った。

病室は相部屋で、一人分のスペースが一・五畳ほど。まったく日は当たらない。もちろん、見舞客が座るスペースはないし、枕元に行くこともできない狭さだ。清潔ではあるが、臨終を迎えるにはあまりにも悲しい部屋だ。

A氏はかつて社会的地位もあり、黒塗りの車で送迎出勤していた人であるだけに、この病室には私もP子も絶句した。

だが、何よりも絶句したのは、A氏がベッドに縛られていたことだった。新聞やテレビなどで目にしたことはあったが、現実に縛られている患者というものを、私は初めて見た。

最初はまったく気づかなかった。ただ、A氏が両手に手袋をつけており、それが妙に気になった。手袋はミトン型と言えば聞こえはいいが、要は袋である。その袋を両手にかぶせ、脱げないように両手首のところを、しっかりとヒモでくくってあったのだ。私はそれを見た瞬間、A氏自身が自分でつけたのではないとわかった。そして、おそらく、点滴のチューブを外したりしないように、袋をつけさせられたのだろうと思って見ていた。

A氏は見間違うほど痩せ、担架のように狭いベッドで眠っていた。私は耳元で話しかけようと思い、ベッドと壁の狭いすきまに体を横にして入れた。すると、上掛けがめくれているのに気づいた。A氏のお腹に、何というかコルセットのような、固い四角い器具がつけられているのが見えた。A氏は眠りながらも、そのコルセット状の器具をさわっている。お腹に載せられてうっとうしいのだろうか。私はその器具に手を触れた時、初めて気づいた。

これは、A氏の体をベッドに固定する器具だった。丁寧に見るわけにはいかないので細かくはわからないが、コルセット状の四角い器具からベルトが出ていて、A氏の体をベッドに縛りつけているのだと思われた。

そしておそらく、両手に袋をかぶせているのは、この器具のベルトをゆるめたり、外したりしないようにするためだ。A氏が袋に入った手で器具をさわっていたのは、身動きできずに苦しかったからではないか。

私はA氏の耳元で名乗った。するとパッと目を開け、驚いたように私を見た。そして、何度もうなずく。P子が花束を見せて、

「きれいでしょう。今、飾りますね」

と言うと、A氏は袋に入った手を上げて、手刀を切ったのだ。意識などまったく混濁してはいない。少なくとも、私とP子が行った日は明確で正常だった。声はほとんど聞き取れなかったが、口を懸命に動かしていたし、問いかけには仕草で答えた。帰りには私に、

「元気でね」

と言ってくれた。声になってはいなかったが、ハッキリと聞こえた。私が、

「また来ます。待ってて下さいね」

と言うと、A氏は小枝のように細くなった腕を伸ばした。私は袋をかぶせられた手を、ハイタッチするようにポンポンと叩いた。袋の手は、私の手を押し返すような力があった。P子はその時、ドアの陰で泣いていた。

帰り道、P子が言った。

「意識、あったね。自分が置かれている状況が、全部わかってるってことね」

そうなのだ。両手に袋をはめられ、ベッドに縛られ、身動きできない状態で一日中、一畳半の世界にいる。見舞いの花束は置くところがなく、A氏に一目見せてドアの外に置いたの

だ。嚥下《えんか》する力がないということで鼠蹊部《そけいぶ》からの濃い点滴だけで生きている。もっとも、この状態を「生きている」とするのか、頭脳明晰でエリートの切れ者だったA氏はどう考えているだろう。

P子はつぶやいた。

「意識がない方が幸せ。死んだ方が……幸せかも」

私はP子の言葉を聞きながら、A氏が両手の袋をじっと見ていた顔を思い出していた。明確な意識がある以上、体を縛られている自分を理解していよう。両手の袋をじっと見つめて、何を思っていたのだろう。

P子は歩きながら言った。

「Aさん、転院をせっつかれてるのよ。今の病院には救急で運ばれて、これ以上の治療は長期療養型の老人医療の病院に行ってくれってことらしいわ」

「そういう話、よく聞くよね。三か月たったら転院しなきゃいけないって」

「ね。病院だって経営上の問題があるもの、点滴だけの患者をいつまでも置いとけないしね」

「人手だって足りないから、両手に袋をくくりつけて、体はベッドに縛って、少しでも用を少なくしようってわからないではないしね」

ハイタッチには力が入っていたことが甦った。あくまでも素人考えだが、あの力と明確な意識を思うと、もう少しまともな病室に入れたなら、A氏は立つこと程度はできるようになるかもしれない。実際、経済的にはあの病室から脱するのはたやすいはずだ。だが、他人にはわからぬ事情があるのだろう。

私もP子も、今まで老人医療にはまったく無縁で来たため、現実を知らなすぎた。他人事ではないのだと初めて身にしみた。

私は今、思っている。A氏は旧制中学生に戻って、お父さんとお母さんのところに天翔けて行くのが何より幸せではないかと。

無駄な喧嘩

先日、目からウロコが落ちる言葉を聞いた。「目からウロコ」とは何とも陳腐な表現だが、ある一言に本当に虚を衝かれたのだ。

それは仕事関係者と電話で話していた時のことである。私は話を聞き終え、彼に言った。

「私、この仕事からもう引くわ。こちらとしてはもう十分に誠意を見せたし、私は別のこと考える。その方がずっと健康的だもの」

彼は答えた。

「でも、こちらには時間的余裕もありますし、もう少し様子を見ませんか」

そして、次の一言を言ったのだ。

「無駄な喧嘩をすることないですし」

これは強烈だった。私は一瞬言葉を失った。「無駄な喧嘩」という発想も言葉も、私には思いつかぬものだったのだ。私はその言葉に圧倒され、納得し、答えた。

「わかった。様子見ることにしましょう」

そして電話を切りながら、本当に目からウロコが落ちたと思った。

「無駄な喧嘩」というものは、世間を狭くするだろうし、時には命取りになることもあるだろう。必要な喧嘩はすべきでも、無駄な喧嘩はしないのが大人というものだ。

私は落ちたウロコを拾い集めながら、このウロコの数ほど無駄な喧嘩をしてきたであろう自分を思った。

むろん、私はすべて必要な喧嘩と思ってやってきたのだが、「無駄な喧嘩」という発想を知った今、三分の二はそれだったように思えないではない。

たとえば先の電話で彼は「こちらには時間的余裕もありますし」ということで、このまま様子を見ていても何ら損はなく、事も荒立てずにすむと考えたのだと思う。まったくその通りだ。私は以前から、彼の温情と冷酷さのギャップが、人間として信頼できると思っていたのだが、今回は改めて「若いのにたいしたものだ」と感じ入った。

私の場合、時間的余裕があろうがなかろうが、たとえば約束を守ってくれなかったり、誠意が見られなかったりしたなら、それだけで「必要な喧嘩」の十分な要素なのだ。「時間的余裕」なんぞは思考外で、彼から見たなら、「無駄な喧嘩」に突入してしまうわけである。

当然、どちらの喧嘩であれ、波風も立つし、事も荒立つし、時には人間関係がギクシャクもする。

ところが、これは本当なのだが、喧嘩をしてしまうと、私は心の底からスッキリする。そして「要はこの程度の人間関係だったのよね」と思えてしまう。フリーランスである以上、仕事を失うのは困るはずなのに、「ま、明日は明日の風が吹くわよ」と、胸のつかえが取れて晴れ晴れする。

これはなぜだろうと考えさせられ、ふと気づいた。

おそらく、物ごとを決断する際における尺度のせいではないか。何かを決断する際の尺度として、私は「健康的か否か」ということが、かなり大きい。自分にとって健康的だと思う方を選ぶと、それがたとえ損であろうと仕事をなくそうと、スッキリと晴れ晴れすることは否めない。

私は今もってパソコンを持たず、ネットもメールも一切やらない。やるメリットの大きさは十二分に承知しているが、やらない方が私には健康的だと思い至った結果である。

先の電話でも、私は思わず「手を引いて別のことを考える方が健康的」と言っている。まずはサッサと決着をつけて、トットと別のことを考える方が、私には健康的なのだ。そうすることで波風が立とうが、後のことなど考えちゃいない。私にとっての必要十分な要素が揃った瞬間に、もはや「様子を見る」という不健康なことができない。スッキリさせるのが一番で、「無駄な喧嘩」に突入する。

後で何が起ころうが、何しろ健康を勝ち取ったものだから「明日は明日の風が吹くわ」とおめでたいほど気力が充実。それこそ「健康第一」なのである。

だが今回、つくづく世の中には「無駄な喧嘩」というものがあると知った。いや、そういうものがあることをわかってはいたが、「無駄な喧嘩」というストレートな一言は初めて聞き、つくづく納得した。

今後、喧嘩しそうな局面に立ったら、必ず「無駄か否か」と考えることにした。本当である。そう考えるだけで、一拍分の余裕が生じ、私自身が穏やかな女になれそうな気がする。

女友達にそう宣言したところ、

「あら、あなたって波風立てたり、事を荒立てたりしないタイプでしょうが」

と大真面目に言うではないか。え……周囲には穏やかな女に見られているのかしらと思ったら、彼女は言った。

「違うわよ。男の人と別れる時のこと言ってんの。あなた、ダメかもと思うなりサッサと手引いて、別れ話もしなけりゃ、相手の言い分も聞かなけりゃ、波風立つ暇もなく消えてるじゃないの」

いや、それも、そうする方が健康的だと思っているからなのだ。男女が一度ギクシャクしたなら、「絶対に修復不能」というのが持論で、話し合ったり、追ったりすがったり、弁解を言いあったりするより、何か別のことを始める方が健康的なのだ。

私が鳥羽一郎さんに書いてヒットした『カサブランカ・グッバイ』の詞はその持論のままで、男女の別れ話ほど「無駄な喧嘩」はないと思っている。

女友達は言った。

「無駄な喧嘩を避ける根性だから、結婚できないのよ」

「あら、あなたなんか無駄な喧嘩したって、結婚できないじゃないの」

私たちのこれは「不毛な喧嘩」と言うのである。

「ですよね?」って……

ある朝、盛岡から東京行きの新幹線に乗った。

ホテルで朝ごはんを食べる時間がなかった上に、東京に着いたらそのまま打ち合わせに入るため、お昼も食べられないとわかっていた。そこで盛岡駅で朝昼兼用に駅弁を買い、車内に持ち込んだ。

私は窓側の席で、通路側の隣席にはすでに五十代らしき男の人がいた。私は会釈して窓側に座ると、すぐに駅弁とお茶を取り出したのだが、どうも隣席から視線を感じる。むろん、全然知らない人である。私は無視して、コンニャクの煮物だのワカメごはんだのという素朴な駅弁を開いた。

列車が盛岡駅を出て、本当に五分たったかどうかという時だ。隣席の彼が突然、『トランヴェール』という車内誌を広げ、私の前に突き出した。そして、

「ですよね？」

と、顔をまじまじと見る。何しろ車内の隣席であり、至近距離からのかなり不躾《ぶしつけ》な「まじまじ」だ。その上、私は里いもの煮ころがしを頬張っている最中である。

この『トランヴェール』には、現在、私が巻頭エッセイを連載しており、彼が突き出したのはまさしくそのページだった。

正直なところ、「ああ、こういう時にイヤだなァ」と思った。ワカメごはんを口に運ぶ手を遮るように車内誌を突き出され、「ですよね？」と言われるのは、つらいものがある。

私は駅弁から顔を上げ、

「はい」

と答えて小さく会釈し、また駅弁だけに視線を戻した。が、彼は、

「ご出身は秋田ですよね」

と言う。私は今度は駅弁から顔を上げずに、

「はい」

と答えて、会釈というかうなずくように頭を下げた。この時、私からは「これ以上話しかけないでね光線」が出ていたと思うのだが、彼は全然気づかない。今度は、

「今日は仙台に行くんですか？」

と言う。私はワカメごはんを食べながら、うつむいたままで、

「いえ、東京です」

と答え、またうなずくように頭を下げる。自分がとても感じの悪い受け答えをしていることがわかっており、さりとてそれ以上の受け答えができる気分ではなく、申し訳ないというか、つい頭を下げているのである。

彼はひたすら駅弁の私に、

「相撲について書かれたものも、よく読んでます」

と言う。私は食べながら、

「ありがとうございます」

と答えて、また頭を下げていた。

さすがに、彼はそれっきり話しかけなかった。「光線」に気づいたのだろうし、駅弁から顔を上げない私を「感じの悪いヤツ」と思ったのだろう。

こういう場合、実はこの後の方が疲れるものである。つまり、東京に着くまでの約二時間二十分を、何ともイヤーな空気の中で隣りあっていなければならない。そして、実際そうだった。

席に座る時の黙礼だけですんでいれば、お互いに二時間二十分は自分だけの時間である。ゆっくりと一人になれる時間である。隣席に人がいようが、それはお互いに無視できる関係であり、お互いに「いないに等しい」のである。

たとえば、シンポジウム等で地方に出かける場合、東京から出席するパネリストたちは同じ列車に乗る場合が多い。しかし、主催者は必ず席を離してチケットを用意する。パネリスト同士が親しいとわかっていてもだ。主催者は間違いなく、車内では一人にして気疲れしないようにと配慮していると思う。

「ですよね？」の彼にしても、話しかけてしまったがために、お互いに無視できる隣席関係というものが壊れてしまった。それっきり会話は終わったのだから、表面上はお互いに無視である。だが、「イヤーな空気」が流れる二時間二十分というのは、「いないに等しい」関係の無視とは違う。

そして、私はこの時に改めて思ったのである。私が公に向けて身辺雑記を書いている以上、こういうことはありうるわけで、彼を責める前に、こちらの覚悟が足りないのだと。

もっとも、私なんぞはこの程度のことだが、お笑い芸人さんは大変だと思う。

ある時、私の女友達が新幹線に乗ると、著名な芸人さんがすぐ近くの窓側に座っていたという。芸人さんの隣席は最後まで空いていたそうで、マネージャーらしき人はお弁当とビールを手渡すと、別の車両に移って行ったという。おそらく、一人にしようという意図だろう。

また、芸能人の場合、隣席に人が座らぬように、隣席も買ってしまう場合もあると聞く。

やがて、芸人さんはリラックスしたように週刊誌を読み、ビールを飲み始めたそうだ。いつも衆目にさらされて笑いを取ることが仕事の人にとって、こんな一人の時間は至福だろう。

が、彼女が言うには、

「前の方の席から、突然オバチャンが三人来たのよ。で、サインしてくれだの一緒に写真とってくれだの、大騒ぎよ。空いてる隣席に座って『ワァ！　二人旅みたーい。写真週刊誌に撮られちゃう！』ってはしゃぐしね。それで席に戻らないで、ずっと話し込むのよ。『ネタはどうやって探すんですか』とか『応援してますからねッ』とか」

その芸人さんは笑顔で応え続けたという。女友達は、

「お笑いのイメージを徹底して壊さないプロ根性、みごとだけど疲れるだろうなァと気の毒だった」

と言った。並の人間には、とても真似できるものではない。

女の運

幸せなことに体調も体力も戻り、当面は月一回ペースだが、連載を再開させて頂くことになった。

さて、先月、私が退院して間もなくのことである。自宅で『週刊朝日』を読んでいて、思わず声をあげた。

ページの三分の一ほどの大きさで、『手術数でわかるいい病院2009　全国&地方別データブック』（朝日新聞出版）という本の広告が出ており、手術中の医師の写真が載っていた。その写真には、「心臓手術　岩手医科大学循環器医療センター岡林均医師」と書かれていたのだ。

私は昨年末、滞在先の岩手県盛岡市で急に心臓の具合が悪くなり、救急車で岩手医大に搬送されたのだが、岡林均医師が緊急手術を執刀して下さったのである。

今や心臓手術は大変な進歩を遂げているそうだが、そうは言っても心臓は心臓である。箇単なわけはない。その上、私の場合は思ったより難手術だったことに加え、「緊急」だ。普通ならば、手術前に患者の状態を丁寧に検査し、綿密な準備を整えてから執刀する。現に私の友人も心臓が悪かったのだが、約一週間の検査や準備を経てからの手術だったと言う。が、私の場合は一週間どころか、運ばれた二時間後に手術である。あげく難手術となると、医師チームの豊かな経験や卓越した能力が成否を左右する。

もっとも、当の私は麻酔からさめるまで何も知らず、状況は後になってから聞かされたのだが、家族や親しい人たちは誰もが安堵の声で言った。

「本当に運がよかった」

この言葉を何十人が口にしたかわからない。本当に岡林先生とその優秀な医師チームに出会えたことは、ありえない幸運だった。男友達の一人は呆れたように言ったものだ。

「しかしさァ、よりによって盛岡で倒れるとは、半端じゃない運のよさだよな。それも、岡林教授が執刀可能な日に倒れるんだから」

女友達の一人は手紙に、

「岡林先生は『最高の心臓外科医』として名前が出ていました。今迄、病気と無縁のあなたは病院名も医師名も何も情報がないでしょうに、百年に一度病気するとこの幸運。おそれいりました……だわ」

と書いてきた。先の男友達もこの女友達も、ハッキリ言って心臓と胃腸の区別もつかないヤツらである。が、私を案じて必死に調べて安堵したのだろう。ありがたいことだ。さらには横綱審議委員で整形外科界の権威である守屋秀繁医師からの手紙にもあった。

「内館さんが入院して以来、岩手医大の循環器医療センターについて情報を収集しておりましたら、岡林均教授は日本一の心臓外科医であるとわかり、つくづく運の良い方だと思いました。良かった、良かった」

術後は心臓外科医、心臓内科医、看護師、理学療法士、薬剤師、栄養士が細やかな連係で支えてくれた。

私は決して朝日新聞出版の回し者ではないが、今回の体験を考えると、『いい病院』という本に岩手医大の循環器医療センターが掲載されているだけで、同誌における他のデータも信じられると思うほどだ。

そんなある日、女友達二人が「女にとって最も重要な『運』は何か?」という話を始めた。

一人が、

「やっぱり、金運よ」

と断言。するともう一人が嘆いた。

「アナタってホントに夢のない女。お金で買えないものっていっぱいあるのよ」

「バカね。お金で買えるものの方がずっと多いの」

「何言ってんのよ。お金だけはあるＩＴ長者と結婚した女優とかが、離婚して仕事に戻るじゃないの。やっぱり自分が輝ける場が欲しいからよ。私は金運より仕事運だと思うね。いい仕事して輝く場があれば、お金はそこそこ入ってくるし」

「甘い甘い。仕事運ほどアテになんないものってないの。しっかりしてよ」

ホントにこの二人、まったく意見が合わないのだ。

「考えてもみて。いい仕事に恵まれたと喜んでりゃ、今は正社員だってクビ切られる時代よ。就職がやっと内定すりゃ、入社式前日に内定取り消しよ。『仕事運』なんて言葉、今の世には通用しないの」

「金運でもなく仕事運でもないとなると、何運よ」

「男運」

「バッカねえ。男ほどアテになんないものはないって、アナタが一番わかってるでしょうが。まったく学習できない女ね」

「やかましい！　男運の悪い私が言うんだから間違いないのッ」

「あ、女にとって一番重要な運って、やっぱり結婚運よ。浮気はせず、仕事ができて、男気と信望と地位とお金がある男との結婚」

「そんな男いるわけないでしょ。でも、だからこそ出会って結婚できたら、それこそ運よねえ」

つっまンねー結論だが、やっと二人の意見が合った。やがて一人が、せっかく合った結論を自ら否定した。

「結婚運って、現実にはすごくあやうくて頼りにならないよね。私だって運がいいって言われたけど、結局はひどいめにあったし」

「まあねえ……。結婚運より確かな運って何だろ」

そこで私が初めて口を開いた。術後、まだ集中治療室でウンウン言っている時に、女友達のトミちゃんから手紙が来たのだ。普通、集中治療室の友達を励ます手紙には、それなりの文章を書くと思うのだが、彼女は『ａｎ・ａｎ』やＨａｎａｋｏの元編集長というつわもの。ズバリ一言だった。

「女にとって何より大切なのは結婚運より医者運ね」

私からこれを聞いた女友達二人は、「おそれいりました」と頭を垂れたのだった。

朝青龍との「ハグ」騒動

四月二十九日、大相撲五月場所前の稽古総見を終えて自宅に戻ると、留守番電話のメッセージ数がすごいことになっていた。

何ごとかと再生すると、

「稽古総見で朝青龍と抱き合ったとこ、テレビで見たわ。和解してよかった」

「二人が抱き合ってキスしたってテレビで伝えていたけど、朝青龍の方が二枚も三枚も役者が上だな」

等々、どれもこれもこの話ばかり。

翌日のスポーツ紙は写真つきで「ハグ」だの「キス」だのと報じ、テレビをつければ満面の笑みで朝青龍と私が手を握って抱き合うシーンが流れまくっている。買い物に行けば、見知らぬ方々から「懐柔される気か。えッ」とか「天敵の病気を本気で案じた朝青龍の気持ち、わかっているのか」などと迫られ、その迫力には治ったばかりの心臓がまたバクバクしそうだった。

報道されてはいないが、実はこの「ハグ」には、前段階がある。

稽古総見の時は、土俵近くに横審委員が一列に並ぶ。力士は入場してくると必ず、やや離れた位置から委員全員に向けて「おはようございます」と挨拶する。

が、朝青龍は全員に向かって挨拶した直後、私の方を見て、笑顔で「元気？」と訊いた。離れた位置からなので、声は明確には届かなかったが、口の形からハッキリとわかった。私は返事のかわりに指でマルを作り、笑顔でそれを示した。朝青龍はうなずき、笑みをもう一度見せて、稽古の輪に入って行った。

これはほんの一瞬のことであり、ほとんど誰も気づかなかったのではないか。ただ、私はこの時の朝青龍の態度が嬉しかった。何しろ、心臓の大きな手術と三か月もの入院を経たわけで、私にしてみれば「生還」という思いさえある。そこに、いかにも嬉しそうな「よかったね」という態度なのだから。

と同時に、私は「彼は何という人たらしなんだろう。秀吉並みだわ。天敵の私を喜ばせるんだから」と舌を巻いていた。

「人たらし」というのは「人をだますこと。また、その人」（広辞苑）とあるが、漢字では「人誑し」とおぞましい字をあてる。だが、これは「人心掌握術」でもある。相手に対してどう出ればいいか、どういう態度を示せば心をつかめるか等を瞬時にして実行するのは、持って生まれたセンスだと思う。

「人たらし」の代名詞ともいえる豊臣秀吉が、冬場には織田信長の草履を懐に入れてあたため、人肌のぬくさにしていたのは有名な話だ。秀吉は当時の下層階級出身であり、上昇するためには何でもやったという説もあるが、地穢がついている草履を、裸の胸に抱いてあたためるセンスは天性のものだ。そんな秀吉を見て、信長はつい、たらしこまれたはずだ。

私は「女たらし」は嫌いだが、「人たらし」は面白いと以前から思っていた。

一九九七年放送のＮＨＫ大河ドラマ『毛利元就』の脚本を書いた時に、準備段階で「歴史上の誰を主人公にするか」という討論をスタッフと延々と続けた。多くの人物の名前が挙がった中に、元就もあった。だが、あまりにも地味な武将であり、私も「三本の矢」のエピソードしか知らない。こんな主人公では、茶の間の人気も得られまい。

そう思いつつ、調べてみたところ、私は膝を打った。「絶対に元就を書こう。私が書くなら元就しかない」とまで思った。

というのは、彼は「遅咲きの人たらし」だったのだ。私はそうとらえた。

現在の広島の小さな城に生まれた元就は、親や兄に早くに死なれ、財力も兵力もない中で必死に生きた。そして、人生が大きく花開いたのは、五十八歳という晩年だ。そこに至るまでの元就の言動を見ると、天賦の人心掌握術が備わっていたとしか思えない。秀吉よりも早い時代に、元就という人たらしがいた。その生き方や姿勢は私には非常に痛快だった。

さて、朝青龍である。私は指でマルを作って笑顔をかわした時点で終わったと思っていたのだが、稽古が終わると私のところに歩いてきた。六千人近くの観客がいる中で、笑顔で右手を出した。思ってもみないことだった。私は反射的にその手を握り返していた。

するとと左腕でグイと私を引きよせ、耳元で言った。

「心配しましたよ。治ってよかった。よかったです」

私も耳元に顔を近づけ、

「やっと天敵と再会できるところまで治ったわ」

と言うと、朝青龍は大笑いした。むろん、いくら何でもキスはない。

「天敵の和解」シーンに、観客からは大拍手がわき、

「朝青龍、いい男ッ！」

「内館さーん、もう朝青龍を悪く書かないでねーッ」

などと声が飛びかった。朝青龍は観客の人心まで掌握してしまったのである。

この一件に関しては、友人たちに言われるまでもなく、彼の方が私より遥かに役者が上だった。女友達二人が一句詠んで送ってきた。

「人たらしと言えど牡丹の笑みこぼる」

「天敵に先手打たれて緩む口」

　まさに、この通りだ。とは言え、横綱にふさわしくない蛮行や言動は、今後も許すわけにはいかない。それとこれとは別である。

　私は医師から「血圧を適正に保つために、ヒートアップしないように」と厳命されている。朝青龍よ、本気で心配してくれるなら、私をカーッとさせる蛮行は慎み、帰国過多と稽古不足を改め、正しい所作に直し、品格ある横綱になってほしい。

ミシンのCM

今年の一月から六月までの半年間、私は『通販生活』のテレビCMに出ている。あろうことか、ミシンのCMである。

当然、友人知人は、

「何だって内館がミシンのCMなんだ？　あいつに一番似つかわしくないのが、裁縫と料理だろうよ」

とあきれたらしい。そして電話がかかってきて、誰もが同じことを言う。

「あなたがミシンでダーッと縫ってる手許《てもと》を映してるけどさ、あれって別の人が縫ってる手を合成してるんでしょ」

まったく、みんなは私の隠された能力を知らない。合成どころか、私は撮影の時にあまりの速度で縫い過ぎ、ディレクターから、

「もっとゆっくり！」

と声がかかったほどの「ミシンの使い手」なのだ。

とはいえ、『通販生活』からCMのお話があった時は、正直なところびっくりした。どうして私が「ミシンの使い手」であることを知っているのか。ずいぶん昔のエッセイには、OL時代にずっと洋裁を習っていたことを書いたが、『通販生活』のスタッフは、あんな昔の本まで調べたのだろうか。そうでなければ、友人知人が言うように、

「内館牧子とミシンって、絶対にくっつかないよねえ。内館牧子とチャンコ鍋ならくっつくけどさァ」

というものだ。だが、OL時代からの古い友人知人なら、私が三百六十五日ミシンを踏んでいたことを知っている。ああ、思えば淋しい二十代だったわ……。

その頃、私は毎日が虚しかった。会社では雑用に明け暮れ、まわりはどんどん結婚していく。正直に言えば、友人たちの結婚式で羽織袴の新郎を初めて見て、「よくこんなバカ殿みたいな男と結婚するよなァ。いくら焦ったとしても度胸あるよなァ」と思ったことも二度三度ではない。

だが、ともかく度胸ある女たちは寿退職の花道を歩き、能力のある女たちは転職して新しい世界に飛び出す。度胸も能力もない私は、鬱々《うつうつ》と雑用をこなし続けるしかなかったのだ。

そんな虚しい状況から目をそらしたいためもあって、私は「お稽古ごと」に熱中した。料

理から造花製作まで、一週間びっしりである。洋裁もそのひとつだったのだが、どのお稽古ごとよりものめりこんだ。

教室は横浜の個人のお宅で、夜になると十人ほどの生徒が集ってくる。いずれもOLで、二人の先生が個々の能力に応じて指導する。おかげで私はメキメキと腕を上げた。当初はミシンどころか、針さえ満足には使えなかったのにだ。

以来、会社から帰ると、二階の自室にこもって夜遅くまでミシンを踏む。休日は朝から一日中踏む。階下に響くダーッという音を聞きながら、父が、

「何だか娘の内職で食わせてもらってる気分になるよなァ」

と、いつもぼやいていたと母は今でも笑う。

私は大胆なカーテン地でワンピースを作り、色違いの絹の風呂敷を組み合わせてブラウスを作り、膝掛けでスカートを作った。浴衣地で夏のスーツを作り、テーブルクロスでサブリナパンツを作った。オーバーコートやレインコートや、そんな大作もすべて自分の手によっていた。さらに、親戚の幼い女の子にはフリルがいっぱいのお姫様ドレスを縫い、赤ん坊には古いセーターをロンパースにリフォームした。

CMの制作スタッフに、

「当時の写真で、自作の服を着て写したものがあれば、お借りしたい」

と言われて古いアルバムを開いた時は、さすがの私も苦笑した。どれもこれも自作である。スタッフが、

「まさか……これも？」

とおしゃれなスーツの写真を指さす。それもだ。クロード・モンタナの服をファッション誌で見て、その写真から型紙を起こして真似て作ったものである。そんなことまでできるほど腕を上げたのだから、私がいかに虚しい日々を忘れようとしていたかがわかる。

その証拠に、会社を辞めるとパタッとミシンを踏まなくなった。脚本家としての仕事などなかったが、脚本家になるという夢があった。それは不確かなアテのない夢であり、大企業のＯＬでいた方がずっと安全で安定している。

だが、そんなあやうい夢であっても、ミシンを踏んでいた日々よりずっと、生きているときめきがあった。そして、間もなく私は使い慣れたミシンを処分した。以来、踏んでいない。

ところが、ここ何年か、海外や国内で面白い生地を見つけたり、おしゃれなカーテン地を見たりすると、ミシンを踏みたくなっていた。裏地をつけないワンピース程度なら一日で縫える。私はいつも読んでいる『通販生活』のカタログから、「山﨑範夫の電子ミシン」にひそかに関心を持っていたのである。

そんな中で、その商品のＣＭ依頼が来たのだから驚くと同時に、まずは使ってみた。そし

てボー然とした。自分はもう古代人だと思った。私がかつて使っていたミシンとは別物である。厚い生地も極薄の生地も、ニット地やジャージ素材も簡単に縫える。操作は簡単だし、ツマミを合わせるだけで難しい縫い方も自在。かつて、私は厚地を縫うのに何本も針を折り、ボタンホールを作るのにどれほど苦労し、ニット地がつれて何回やり直したことか。

今、軽やかに縫いながら、虚しさを抱いて扱いにくいミシンを踏み続けていた自分を思う。

そして、「虚しさ」というのは、若い時代に必要不可欠な起爆剤ではないかとも思うのである。

ダイエットの極意

女友達が電話で言った。

「夕食のおかずを色々と作って届けるわ。病みあがりとしては助かるでしょ」

手術の後遺症で、私の声はまだガラガラだが、体調はほとんど元に戻っている。そこで電話の彼女に言った。

「じゃあ、私がごはんを炊いて味噌汁だけ作っておくから、一緒に食べない？」

そして夕方、出迎えた私を見た瞬間、女友達は玄関で叫んだ。

「何よッ、やせたわねッ」

実はこのところ、会う人会う人にそう言われ、テレビに映った私を見た人見た人にそう言われる。中には大真面目に、

「どんなダイエット？」

と訊く人たちもいる。私もわざと大真面目に、

「心臓手術というダイエットよ」

と答えるのだが、このジョークが伝わらず、中にはさらに大真面目につぶやいたりする。

「そうか……。手術ってのも悪くない手ね」

まったく、何を言い出すんだか。

おかずを抱えたまま、彼女は私を眺めて玄関で毒づいた。

「シワシワにならず、うまくやせたじゃないの。そりゃあそうよね。病院で三か月も寝て、ラクして、病院の栄養食を食べて、禁酒して。転んでもタダでは起きないとは、このことね」

これには笑った。治療中の痛い思いが全部チャラになった気がしたほどだ。

今回の手術と入院生活で実は約十キロやせた。退院して五か月がたつが、体重は十キロ減のまま安定している。何しろ退院時に医師に厳命されたのだ。

「体重がふえればふえるほど、心臓に負担がかかりますから、現在の体重を保って下さい」

そして、医師はとてもわかりやすい話をしてくれた。

「心臓を車のエンジンだと考えた場合、肥満という状態は、普通車のエンジンに二トントラックの車体をくっつけて動いているようなものですよ」

この例には、本当に目からウロコが落ちた。太れば太るほど車体は四トントラックになり、六トントラックになる。エンジンは小さいままなのにだ。

私は手術前も、数値的には肥満の範囲にはなかったとはいえ、今より十キロ多かったのだ。さらに、疾患が見つかった心臓はいわばポンコツのエンジン。確かに体重は普通車の範囲であったが、ポンコツエンジンにしてみれば、大型バンほどの負担を強いられていたはずだ。

美容的な意味とは別に、肥満の弊害には多くの理由があろうが、私はふと考えた。つまり、心臓に限らず、人間の他の内臓も血管も筋肉も骨も、元々は普通車仕様なのではないか。となると、車体だけが肥大化すれば、他の内臓や血管等々にも負担がかかると考えられる。

現に、私の知人二人は膝が悪くて歩行が困難だ。医師からは二人とも「やせなさい」と言われたそうで、これも骨が車体を抱え切れなくなったということだろう。

さて、女友達の料理は牛肉と筍のすき焼き風煮、トロピカルフルーツサラダ、生春巻、大豆とひじきの煮物等々の力作。私は秋田のとびっきりのお米をホカホカに炊いておいた。味噌汁も秋田から届いたばかりの筍をふんだんに入れた。

私がかたっぱしから平らげていると、どうも視線を感じる。目をあげると、彼女がうらめしそうに見ていた。そして、

「そんなに食べると、今度はホントに大型バンの車体になるわよ。また入院よ」

と言う。ほう、言葉に毒があるじゃないの。

見ると、彼女は私の三分の一も食べていない。ごはんと根菜類はまったくの手つかずだ。何とダイエット中だという。それでうらめし気に毒を吐いたのか。私は断言した。

「そんなに食べないんじゃ、一時はやせても絶対にリバウンドする。すぐ二トントラックに逆戻りよ」

彼女は固まった。そ、毒をもって毒を制してやったのさ。

私は入院中、リバウンドしないダイエットの極意をつかんだのだ。言い古された極意だが、

「各栄養素をバランスよくきちんと三食食べる」

これに尽きる。

私が入院していた岩手医大の病院食はおいしくて、一日千六百キロカロリーに決められていたが、こんなに色々と食べられるのかと驚いた。栄養士さんの指導によると、健康的に減量してリバウンドを防ぐには、主食のごはんやパン等の炭水化物、副食の肉や魚や卵等の蛋白質、そして副菜の野菜類や海藻等をきちんと摂ることだという。

この説は誰しも十二分にわかっているが、早く結果を出したくて「炭水化物抜きダイエット」とか、バナナやりんごやキャベツだけを食べるダイエットに目が行く。

だが、私は入院中と退院後の食生活により、自信を持って言い切れる。バランスよく三食を適正に食べることこそ、痩身への近道である。そして、それこそがリバウンドしない。

するると、先の女友達が、

「そうよね……。炭水化物を抜くとすぐやせるけど、一生抜き続けるわけにはいかないものね……」

と、しょんぼりと肩を落として、へこんでいる。ちょっと可哀想になったその時、彼女は猛然と食べ始めた。そしてグワッと開けた口にごはんを放りこみ、

「ああ、幸せェ！　実は私、もう炭水化物を断つのが限界だったの。何か頭が働かなくなって、怒りっぽくなって。ああ、おいしい！　やっぱりバランスよね！」

だと。そして帰り際に言った。

「秋田のお米と筍をちょうだい。秋田のお味噌もね」

まったく、自分の方こそ転んでもタダでは起きない二トントラックであった。

命取りになる言い方

「ものの言い方」というのは、本当に難しい。

七月五日の静岡県知事選から八月三十日の総選挙に至るまで、嵐のような選挙列島の中で、「ものの言い方」のちょっとしたミスで、ドカッと票が減るだろうということを、テレビニュースなどを見ていて実感させられた。

まず総選挙前、当時の麻生総理の一言が波紋を巻き起こした。総理は「日本青年会議所」のイベントで、

「高齢者は働くことしか才能がない。八十歳を過ぎて遊びを覚えても遅い」

などと言い、「またも総理の舌禍」として大騒ぎになった。

現に八月五日の「朝日新聞」には、七十八歳のご婦人が「体にむち打って働いている高齢者を笑っているのかと、悲しかった。敗戦から今日の繁栄まで、懸命に働いて日本を支えてきた我々を、そんな目で見ていたのか。私は絶対に自民党には投票しないだろう」という内

容を投稿している。この思いは当然だ。

だが、もしかしたら総理は「ものの言い方」を間違えただけなのではないか。私はそう思ったのである。幾ら舌禍を重ねる総理でも、まさかあんなことを本気で言うまい。

あくまでも私の推測だが、もしかしたら総理の言いたいことは、

「今、日本は大変な状況にあります。若い人に任せるったって、若い人が少ねえんだから、高齢者に助けてもらわにゃ困るんですよ。まして高齢者は、今日までの日本を支えたノウハウもある。智恵もある。それを日本再建に生かしてもらうために、もう高齢者は働くことしか能がねえんだと、自分で思って、持ち場立ち場で力を尽くして頂きたい。本来なら、老後はゆっくり遊んで頂きたいところだが、この状況の日本です。もう、この際、八十歳を過ぎて遊びを覚えても遅いと割り切って、働くという才能を生かしてもらうしかねえとお願いするしだいです」

という意味だったのではないかと、ふと思ったのである。

もしも総理が、あんなことを本気で言っており、私の推測が的外れなら、とんだ赤恥だが、「働くことしか才能がない」という言葉は、バカにしているのではなく、アテにしているという意味だったなら、「ものの言い方」としては取り返しのつかないミスだ。

また、どうにも援護のしようもなくミスしたのは、静岡県知事選に自公推薦で出馬した女

性候補である。

テレビで拝見した限りだが、とてもシャープな印象で頼りになりそうな、すてきな人だった。

が、「ものの言い方」のミスで、票を失ったきらいもあるのではないか。

彼女は自民党（古賀派）に所属する参議院議員であったが、同党静岡県連からの要請を受け、議員を辞職して知事選に出馬。自公の推薦を受けていることは、県民は誰しも知っている。だが、自民党は逆風の選挙戦だ。そんな中、街頭の彼女にテレビ局のマイクが向けられた。記者が、

「自民、逆風ですが」

と問うと、彼女は言った。

「私は自民党ではありませんから。県民党ですから」

自民党色を消して戦いたい気持ちはわかるが、現実を知っている県民には通用しない。記者はさらに突っ込んだ。

「でも、自民党の大物がたくさん応援に入っていますよね」

現に舛添要一さん、野田聖子さんら現役大臣をはじめ、猪口邦子議員、片山さつき議員など有名議員が応援するシーンを、テレビニュースでは幾度も流していた。そのことを突っ込

まれた女性候補者は、憮然とした表情で答えた。

「あの方たちは党として来ているんじゃありません。私の友達として来てるんです。私は自民党じゃなくて県民党ですから」

これも通用しないし、潔さがまったく見えない。器の小ささを露呈する言い方で、損をしたと思う。

選挙の候補者の場合、突然マイクを突きつけられ、あげく痛いところを突っ込まれれば、動揺もあろうし、言い方に失敗するのは致し方ないとも思う。

それは逆に考えれば、その候補者が口先で狡猾に逃げ切る資質を持たないということでもある。つまり、ヘラヘラと多弁、詭弁で煙に巻くタイプではない分、人間として実直だということも考えられないわけでもない。

だが、選挙戦では一瞬の表情、一言の言い方で票を失うから恐い。もしも口がうまい候補者ならば、

「私はとにかく、静岡をよくしたい。その一点なんですよ。ですから県民党という気持ちですね。自公の推薦を頂いているのも、静岡をよくするには、まずは私が勝たなきゃいけませんから。勝ったら、県民党としてものすごい働きをしてみせますよ」

とでも答え、大物議員の応援を突っ込まれたら、

「ええ、みんな自民の大物ですけど、私の考えを多くの有権者に知って頂くには、著名な方の来訪も助けになるんです。彼らは、県民党としての私の考えに賛同して、自民党ではなく友人として、自ら人寄せパンダを買って出てくれたんです。お陰で、私は大勢の有権者の前でしっかりと訴えられる。友人は有り難いですよ。現実に麻生さんは来てないでしょ。友人じゃないし、私が自民党じゃなくて県民党だからよ」

と言ってのけるだろう。

アメリカのオバマ大統領の話のうまさと、イタリアのベルルスコーニ首相の舌禍は常に話題にされるが、何も政治世界でなくとも、「ものの言い方」が命取りになることは少なくない。私自身も過去のミスが甦ってきて、つくづく恐いと思ったことである。

「お宅、切れ痔でしょ？」

それは晩夏の、美しい午後のできごとであった。都心の広いティーラウンジにはゆったりとお茶や語らいを楽しむ人たちがいて、大きな窓からは、皇居の緑が輝いているのが見えた。

ここまで読んで、読者の中にはきっと、「オイオイ、内館、この連載が毎週書ける体調になって気合いが入るのはわかるけど、ありきたりな気取った書き出しはやめてくれよ」と思った方々がいるだろう。気取っているわけではなく、本当にそういう情景だったのだ。

そのティーラウンジで、私は八十代の婦人と向かいあっていた。上品でおしゃれな彼女は、ローズピンクのマニキュアがきれいな指でティーカップを持ち、私の問いなどに答えていた。

話が一瞬とぎれ、その時である。彼女はふと思いついたように、私に言った。

「お宅、切れ痔でしょ？」

耳を疑ったなんてものじゃない。晩夏の美しい午後である。皇居の緑を望むティーラウンジである。上品である。ローズピンクのマニキュアである。それが突然「切れ痔」ときた。

こんなに似つかわしくない話題はあったものじゃない。

私はあまりのことに、やっと一言答えた。

「いえ、切れ痔ではありません」

すると、上品なご婦人は美しい笑みを見せ、言った。

「あら、そうでしたか。お仕事柄、とっくに切れ痔だと思っておりました」

やはり「座り仕事」というのは、切れ痔が多いのだろうか。それとも、私が何か切れ痔の雰囲気を放出しているのだろうか。だとしたら、どうしよう……。

が、やがてわかった。ご婦人は「地デジ」を「キレジ」と覚えてしまっていたのである。

私はずっと以前から「地上デジタル」を「地デジ」と略すのには無理があると思っていた。語呂が悪くて親しみが持てず、覚えにくい。だが、国を挙げて「地デジ」「地デジ」と必死にこの言葉を売る。

本来、略語というのは誰からともなく言い始め、総力を挙げて売らなくとも浸透してしまうものだ。「デジタルカメラ」は「デジカメ」、「四年制大学」は「ヨンダイ」、ドラマ「渡る世間は鬼ばかり」は「ワタオニ」等々、いくらでもある。そして、どれも語呂がいい。

比べて「地デジ」はスッと入って来ず、口が回りにくい。高齢者が「キレジ」と覚えても笑えない。

私がそう言うと、ご婦人は安堵して勧めてくれた。

「私が切れ痔を覚えた話、ぜひ書いて」

私は有り難く、ネタを頂いたしだいである。

高齢者が横文字言葉に弱いケースは、周囲に多々ある。

何年か前の話だが、私が七十代の親戚の者と話していた時のことだ。彼女はしみじみと言った。

「デン助さん、本当によかったわねえ」

私はそれを聞き、昔の有名なコメディアン、大宮デン助さんに何かいいことがあったのかと考えた。とうに亡くなっておられるし、記念館でもできるのか、あるいは映画のリメイクでも決まったのか。すると、彼女は続けて言った。

「デン助さん、奥さんと再会できるなんて、考えてもいなかったでしょうよ」

何か変だ。

そして、さらに話しているうちに、やっとわかった。北朝鮮拉致被害者の曽我ひとみさんのご主人である「ジェンキンスさん」を「デンスケさん」と覚えていたのだ。

ジェンキンスさんは、先に帰国したひとみ夫人と再会。夫人の故郷の佐渡で家族が幸せに暮らしている。親戚の者はそれを喜んだわけだが、私が紙に書いて教えても「ジェンキン

ス」が覚えられない。さりとて「デン助さん」なんぞと外で言っては恥をかく。私が、

「『曽我ひとみさんのご主人』って言う方がいいわ」

と言うと、親戚の者は、

「まあ！　牧子ってホントに頭のいい子ッ！」

とほめてくれた。

また、高齢者の場合、覚え違いと同様に、聞き違いも少なくない。

数年前のことだが、銀座からタクシーに乗り、国技館に向かった。すると、福家書店の前が若い男の子たちであふれている。高齢の運転手さんは、私に訊いた。

「何ですかね、あの行列は。何かあるんですかね」

「ああ、たぶんアイドル芸能人が本を出して、そのサイン会でしょう」

私がそう答えると、運転手さんがなぜか、大喜びするではないか。

「イヤァ、嬉しいなァ。若い子があんなに並んでくれるなんてねえ。ホント、私ら年寄りには希望が出てくるってもんですよ」

「え……なぜですか」

「だって、年寄りがああやって愛されるのは、希望があるじゃないですか」

どうも話がかみ合わない。傷つけないように、さり気なく話を合わせているうちに、わか

った。

運転手さんは「アイドル芸能人」を、「アイドル系老人」と聞き違えていたのである。思えば、この運転手さんは、私が行き先を「国技館」と告げた時、「六義園」と聞き違えていたのだ。それを思えば、少し耳が遠いと配慮して、私も早口をやめるべきだった。

年齢を重ねると共に、耳が遠くなったり、口が回りにくくなったりは当然だ。また、覚えにくい言葉が、ごく日常的に使われるのも、高齢者にとってはつらかろう。だが、若い人間にしてみれば、「つきあいきれない」となるし、苛立つし、時にはつい嫌味やきつい言葉を吐いたりもするものだ。

しかし、今は若くとも誰もが行く道である。「地デジ」のような言いにくい言葉はやめるとか、若い人はゆっくりくっきり話して聞き違いを防ぐとか、せめてもの心遣いは必要だ。

あとがき

この一月三十日、京都大学のチームがとても興味深い実験結果を発表した。

テレビでも新聞でもネットでも取り上げられたので、興味を持ったかたが多くいたのではないだろうか。

これは「弱者を助ける行為」、つまり「正義」に対して、生後六か月の乳児が好意的に受け止めているというものだ。

京大の明和政子教授（発達科学）らのチームが、関西在住の乳児二十人を対象に実験を試みた。

まず、乳児たちにAバージョンの映像を見せた。

強者キャラクターが、弱者キャラクターを攻撃している。赤い人形がそれを見ているという映像である。

この赤い人形は、強者にやられる弱者を見ていても、助けに行かない。見ているだけだ。

次に乳児たちに見せたのは、Ｂバージョンの映像である。

強者が弱者を攻撃するのはＡバージョンと同じだが、それを見ていたのは緑色の人形だった。

緑色の人形は、やられている弱者を見て、見ているだけではなかった。助けに入るのだ。

この二種類の映像を乳児たちに見せた後で、弱者を助けなかった赤い人形と、助けた緑色の人形を同時に差し出した。

すると二十人中十七人が、助けた緑色の人形に手を伸ばしたのだという。

私はそのシーンをテレビで見たが、生後六か月の男の乳児が、母親か誰かに抱っこされて、差し出された赤と緑の人形を交互に見た。そして、緑色の人形に両手を伸ばした。

京大チームは、「弱者に対する攻撃を止める行動」に、乳児が共感を覚えた可能性があるとして、海外の科学雑誌電子版に発表したという。

チームは、

「正義への憧れは生まれつき備わった性質なのではないか。いじめの理解や解決につながるかもしれない」

としている。

私はこの説を信じる。

ただ、人は社会での暮らしが長くなるほどに、この「生まれつき備わった性質」を表に出せなくなる。

たとえ、幼稚園の年少クラスの子供であっても、お母さんと二人で過ごしていた生活と社会生活は、違うことを感じるだろう。

まだ年端もいかない年少児クラスとはいえ、強者と弱者に分かれているに違いない。生まれつき備わった正義感を持っていても、強者に楯突くことの恐さをすでに学習しているかもしれない。

さらに学校に入り、やがて就職し、家庭を作り、子供を持ち……となれば、ますます正義感のままに動くことはできなくなろう。失うものの大きさを考えると、正義の緑色の人形になれないのは致し方ない。

意に反して正義の行動を取らない狡猾な自分にストレスもたまろうし、情けないと感じるだろう。「一言ガツーンと言ってやりたい」という思いは当然あると思う。

だからこそ、本名を明かさずにネットに書いたり、SNSで発信したりする。

私が本書『聞かなかった聞かなかった』に書いたことについても、初出の際、多くの方々から出版社を通じてメールや手紙を頂いた。その半分以上が無記名である。私に対して一言ガツーンと言っている手紙はもとより、私の考えに賛成する人たちも、半分以上は名前を書いて来ない。あるいは「東京都　スキヤキ大好きオバサン」とか「大阪府　隣りのトトロ」とかの名前で届く。

人はある年代になったら、乳児返りしてはどうだろう。

もはや守るものもなくなった年代、社会の第一線から外れた年代、その他、個人個人がよしとする年代になったら、敢然と緑色の人形になるのだ。むろん、名前も顔も隠さずにだ。

自分の正義に添って生きることには責任が伴うし、恐いかもしれない。だが、顔も名前も出して責任を負うことは、人間関係も社会もよくするように思える。

六か月の乳児から退化して、死ぬまで――「言わなかった言わなかった」、「聞かなかった聞かなかった」という人生は、振り返った時に悲しくはないだろうか。

二〇一七年二月
東京・赤坂の仕事場にて

内館　牧子

文中にはすでにない会社や店、事象、また現在は違う肩書き等々が――出て来ますが、すべて当時のままにしてあります。

この作品は、「週刊朝日」二〇〇七年十二月二十八日号～
二〇〇九年九月十八日号に掲載された「暖簾にひじ鉄」を
改題した文庫オリジナルです。

幻冬舎文庫

●好評既刊
見なかった見なかった
内館牧子

著者が、日常生活で覚える《怒り》と《不安》に対し真っ向勝負で挑み、喝破する。ストレスを抱えながらも懸命に生きる現代人へ、熱いエールをおくる、痛快エッセイ五十編。

●好評既刊
言わなかった言わなかった
内館牧子

人格や尊厳を否定する言葉の重みを説き、礼儀を欠く若者へ活を入れる……。人生の機微に通じた著者が、日本の進むべき道を示す本音の言葉たち。痛快エッセイ50編。

●最新刊
スクールセクハラ
なぜ教師のわいせつ犯罪は繰り返されるのか
池谷孝司

相手が先生だから抵抗できなかった——一部の不心得者の問題ではない。学校だから起きる性犯罪の実態を10年以上にわたって取材してきたジャーナリストが浮き彫りにする執念のドキュメント。

●最新刊
天才シェフの絶対温度
「HAJIME」米田肇の物語
石川拓治

塩1粒、0.1度にこだわる情熱で人の心を揺さぶる世界最高峰の料理に挑み、オープンから1年5ヶ月という史上最速で『ミシュランガイド』三つ星を獲得したシェフ・米田肇を追うドキュメント。

●最新刊
医者が患者に教えない病気の真実
江田　証

胃がんは感染する!?　風呂に浸からない人はがんになりやすい!?　低体温の人は長生きする!?　内視鏡とアンチエイジングの第一人者が説く、今日からすぐ実践できる最先端の「健康長寿のヒント」。

幻冬舎文庫

●最新刊
料理狂
木村俊介

1960年代から70年代にかけて異国で修業を積んだ料理人たちがいる。とてつもない量の手作業をこなし市場を開拓し、グルメ大国日本の礎を築いた彼らの肉声から浮き彫りになる仕事論とは。

●最新刊
危険な二人
見城　徹
松浦勝人

出版界と音楽界の危険なヒットメーカーが仕事やセックス、人生について語り尽くした「過激な人生のススメ」。その場しのぎを憎んで、正面突破すれば、仕事も人生もうまくいく！

●最新刊
子どもの才能を引き出すコーチング
菅原裕子

子どもの能力を高めるために必要なのは、その子の自発性を促してサポートする「コーチ」というあり方。多くの親子を救ってきた著者が、そのコーチング術を37の心得と共に伝授する。

●最新刊
人生を危険にさらせ！
須藤凜々花
堀内進之介

「将来の夢は哲学者」という異色のアイドルNMB48須藤凜々花が、政治社会学者・堀内先生と哲学ガチ授業！「アイドルとファンの食い違いについて」などのお題を、喜怒哀楽も激しく考え抜く。

●最新刊
増量　日本国憲法を口語訳してみたら
塚田　薫・著　長峯信彦・監修

「憲法を読んでみたいけど、意味わかんなそう！」という人に朗報。「上から目線」の憲法を思わず笑い転げそうになる口語訳にしてみた。知らないと国民として損することもあるから要注意！

幻冬舎文庫

●最新刊
ちょっとそこまで旅してみよう
益田ミリ

金沢、京都、スカイツリーは母と2人旅。八丈島、萩はひとり旅。フィンランドは女友だち3人旅。昨日まで知らなかった世界を、今日のわたしは知っている――明日出かけたくなる旅エッセイ。

●最新刊
私たちはどこから来て、どこへ行くのか
宮台真司

我々の拠って立つ価値が揺らぐ今、絶望を乗り越え社会を再構築する一歩は、「私たちはどこから来たのか」を知ることから始まる――戦後日本の変容を鮮やかに描ききった宮台社会学の精髄。

●最新刊
総理
山口敬之

決断はどう下されるのか? 安倍、麻生、菅……それぞれの肉声から浮き彫りにされる政治という修羅場。政権中枢を誰よりも取材してきたジャーナリストが描く官邸も騒然の内幕ノンフィクション。

●最新刊
置かれた場所で咲きなさい
渡辺和子

置かれたところこそが、今のあなたの居場所。自らが咲く努力を忘れてはなりません。どうしても咲けないときは根を下へ下へと伸ばしましょう。心迷うすべての人へ向けた、国民的ベストセラー。

●最新刊
面倒だから、しよう
渡辺和子

小さなことこそ、心をこめて、ていねいに。この世に雑用はない。用を雑にしたときに、雑用は生まれる。〝置かれた場所で咲く〟ために、実践できる心のあり方、考え方。ベストセラー第2弾。

聞《き》かなかった聞《き》かなかった

内館牧子《うちだてまきこ》

平成29年4月15日　初版発行

発行人――石原正康
編集人――袖山満一子
発行所――株式会社幻冬舎
〒151-0051東京都渋谷区千駄ヶ谷4-9-7
電話　03(5411)6222(営業)
　　　03(5411)6211(編集)
振替00120-8-767643

印刷・製本―中央精版印刷株式会社
装丁者――高橋雅之

検印廃止
万一、落丁乱丁のある場合は送料小社負担でお取替致します。小社宛にお送り下さい。

本書の一部あるいは全部を無断で複写複製することは、法律で認められた場合を除き、著作権の侵害となります。

定価はカバーに表示してあります。

Printed in Japan © Makiko Uchidate 2017

幻冬舎文庫

ISBN978-4-344-42587-3　C0195　う-1-15

幻冬舎ホームページアドレス　http://www.gentosha.co.jp/
この本に関するご意見・ご感想をメールでお寄せいただく場合は、
comment@gentosha.co.jpまで。